2
second
造成我心理陰影的女生們
今天也
偷看我，
只可惜為時已晚
御堂
繪者
U0028916

序章

「嗯……啊……這裡是……雪兔？」
朦朧意識下，我看見寶貝兒子直盯著我的臉。
「啊，媽媽妳醒啦。口渴不渴？妳黑眼圈好深喔。」
我什麼時候躺到床上了，我記得自己應該在客廳才對……
兒子遞了瓶冷飲，我含了一口潤潤喉嚨。
「妳突然倒下真的嚇死我了。好像是睡眠不足，妳沒事吧？」
正想起身，他便要我繼續歇著，這不經意的體貼直叫人感到開心。
「對不起……我馬上去做早餐。」
看向時鐘，已經過了十點。看來我睡了一小時左右。
「我做好了，今天休假，妳好好休息。」
身體不太舒服，看來是腦子動過頭了。
——霎時間，恐懼席捲而來。
記憶逐漸復甦。對啊，我昨晚徹夜未眠。

起因是信封裡的一張紙。
這不可能，我祈禱是自己看錯了。
再三確認後，結果依舊沒變。上面寫著「需做精密檢查」。
我頓時雙腿一軟，感到頭暈目眩，恐懼使內心亂成一團。
乳癌檢測。主要是推薦四十歲以上女性做的檢查，我也不能掉以輕心。
因為我祖母就得了乳癌。若親屬中有人罹患，將有遺傳風險。
我是為抹去不安才接受檢測，卻換來一場惡夢。
第三類。我急忙查了一下，意思是「較高機率是良性腫瘤，不過無法篤定非惡性腫瘤」。代表仍有百分之幾可能性是罹患乳癌。
僅僅百分之幾機率，就足以令我絕望了。
焦躁席捲而來，我急忙想預約檢查，身體卻僵住動彈不得。
死亡恐懼，突然間硬生生地擺在我面前。
生命完結，人生終點。這是任誰都必須面對的結局。
我還太過年輕，無法理解個中道理。
如今不僅僅是未來變得模糊不清——要是我死了，孩子們該怎麼辦？
不要！不要！我不要！我不想消失！我還有好多想做的事，好多非做不可的事！
我強忍住不成聲的吶喊。
自己將從這個世界消失，此乃必然。但不能是現在。

至少得讓我保護孩子們長大成人。在那之前我不想死！

我好怕。害怕與孩子離別，永遠無法見到他們。害怕無法出聲，無法觸碰他們，失去溫暖，孤獨地死去。

留下遺憾和眷戀。輪迴與生死觀。成為當前得面對的現實。

恐懼再現，身體不由自主緊繃。

「別擔心，家裡的事我會處理。妳看姊姊甚至還沒起來，媽媽也睡一下比較好，睡眠不足可是美容最大的敵人。」

「……雪兔。」

兒子的話語令我回神，即使是我這種人，他仍如此關心。

然而，我卻沒為這孩子做過任何事。我一想到便不禁淚湧。

細數我能留下來的東西。存款、保險金、車子、這個家，遺產裡還包含有價證券等財產。我不想讓孩子們吃苦，這是我努力至今的理由。

我所遺留下的金錢，足夠讓孩子們長大成人。但是！

「……我不想離開你們。」

我伸出顫抖的手撫摸兒子，他輕輕地握住。

後悔湧上心頭，這十六年來，我沒為他做過任何事。

我明明有許多時間能重新來過。也有機會挽回我們之間的感情。

我卻什麼也沒做。我沒讓他感受過任何親情。

我們之間沒有回憶，沒有以母親身分關愛他的證明，沒有明確的親情。

現在還不能告訴他。我不希望家人為我操心。

在精密檢查結果出來前，求求你，求求你就這麼──

「拜託……待在我身邊。」

「妳做惡夢了？還是工作太辛苦？謝謝妳總是為我們努力，有什麼煩心事，還是忘掉最好。對了，要我唱搖籃曲嗎？等等？在這場合應該叫搖床曲嗎？如果是，或許得改用巴薩諾瓦樂風──」

他還激勵心生膽怯的我。我真的不配擁有如此出色的兒子。

「其實……我心裡感到不安，睡不著覺。能陪我一起睡嗎？和你在一起比較放心。」

他的肌膚是如此溫暖，令我壓下心中恐懼和不安。我沒想過緩和情緒原來是這麼簡單的事。剛才所畏懼的事，受挫的心靈，都被他溫柔地包覆住。這本來是我該為他做的才對。

他總是以愛情包容我，如今我實在後悔莫及。即使如此，我依然──

深深愛著你。

總是守護著我，我最心愛的堅強男生。

第一章「從為時已晚踏出的一步」

所謂的茫然自失，就是指這麼一回事吧。即使我的精神高達摩氏硬度十，與世界最硬的物質——紅豆冰棒並列最強，也是會有受挫的時候。

像現在連膝蓋都在笑我。膝蓋：「哇哈哈哈哈哈——」

我引火自焚又制裁自己，從頭到尾自導自演。

這就是我——縱火賊徒——九重雪兔。

我為了幫助兒時玩伴硯川燈凪，於是自導自演散布惡評，結果成為了校內當代第一的討厭鬼。我還滿心期待這次終於能被眾人排擠，過上平穩又寧靜的邊緣生活，才發現所做的一切沒啥效果，計畫徹底落空。

我的目標，是成為被邀請參加團體出遊，卻沒人主動攀談，最後領悟有沒有自己根本沒差，於是如空氣般悄悄地消失不見的人。到頭來這完美計畫只是我老王賣瓜，一點都不順利。

說起來，這也都怪我想法太天真了。若是依照謠言，我應該會變成燈凪和姊姊避之唯恐不及的存在，結果事件過後她們反而更黏我。

我向燈凪提議保持距離，卻遭到堅決反對。

現在連佐藤跟宮原都動不動跑來班上找我。

這種情況下，實在難讓我的惡評產生說服力，效果減半。一切只能怪我做得不夠徹底。

我被全校排擠的野心瓦解，必須再想下一招才行。

想深一層，會變這樣似乎也理所當然。即使我再怎麼渣，惡行傳千里，對無相干的人來說根本就無所謂。

大家是不會浪費時間精力，在一個無所謂的外人身上。

總之，我只能繼續過上沒啥變化的日子，不過我身邊的人似乎對現狀有所不滿。

尤其是以佐藤為首的那幫當事人，不光是想抹去我的汙名，還打算加油添醋將此事化作美談。你們是令和年間的吟遊詩人嗎？

這麼做與我的目的正好相反，實在多此一舉，可惜我並沒有不識抬舉到會給別人善意潑冷水，只好選擇放著不管了。

「手帕帶了嗎？」

「是。」

今天我依舊和姊姊悠璃融洽地手牽手上學。

自從她發現我是造謠事件的犯人後，過度保護的等級就日益攀升。她還故意現給別人看，證明謠言只是子虛烏有。

「便當帶了嗎？」

「是。」

當時我真的覺得完蛋了，我從沒見過她發飆成那副模樣。甚至覺得她氣過頭就地轉職成熾天使。

加上姊姊視燈凪為眼中釘，最後我能做的就只有死命求饒。

「心情如何？」

「適。」

我絕不能再惹她生氣了。不論她說什麼，我都只能放空腦袋回話，不允許找藉口或頂嘴，誰叫姊姊這麼可怕。

「喜歡我嗎？」

「是。」

「喜歡哪一點？」

「視。」

「想要我做什麼嗎？」

「侍。」

「哼、哼——你就這麼想要我啊？」

「是？」

「我知道了。給我點時間做好覺悟，晚上再給你答覆。」

「……嗯？慢著慢著，現在是在講什麼⁉」

我不過是隨口應聲，不知不覺就出大事了。

發生什麼事？欸，到底發生什麼事⁉

「姊姊會努力的。」

她那富含深意的微笑，神祕迷人且美麗。但現在沒空扯這些了！

到玄關口。姊姊終於放開手，走往自己教室。

「拜託！求求妳！起碼把這個解開！算我求妳了——！」我苦苦哀求。

連在我們兩人小指上的紅線鬆脫。這是姊姊暴怒時抓住我前襟說：「你這麼想跟我絕緣，那就如你所願。」然後硬是給我繫上的玩意。就線而言，這也未免太粗太硬，簡直就是拆炸彈片段會見到的紅線藍線。所以這與其說是命運的紅線，不如說是命運的紅色聚氯乙烯絕緣電纜。

雖說此絕緣非彼絕緣，不過要在不傷及纜芯的前提下剝開護套，其實還挺難的。

姊姊似乎是以堅韌為考量才選了這種線，我只覺得她根本搞錯重點。

「早啊，九重雪兔！你們姊弟感情還是這麼好啊！」

我慌慌張張追趕姊姊，卻被熱血學長叫住。

「其實我有點事想找你商量，有空嗎？」

「沒有。」

「就一下下而已啦。」

接著學長就把我拖去三年級教室。我在這學校就沒有能夠安穩歇息的地方嗎？

「雪兔你今天差點遲到啊，發生什麼事嗎？」

「我去對不諳世事的三年級生說教了。」

這名臉上義務裝設太陽能面板的男人，今天依舊環保節能。

「你一大早搞什麼東西啊……」

「之後我跑去找沒常識的二年級生求情，我懷疑她沒聽進去就是了。」

姊姊心情看起來莫名得好，反倒讓我感到不安。

「雪兔竟然說人沒常識，我看今天會颳颱風。」

「燈凪。」

「啊、對不起！我不是在諷刺你，我不該說這種話。」

兒時玩伴感到說錯話，一臉陰沉地糾正自己的話。

「今天天氣是陰了點，但午後好像就會放晴了。」

「雪兔，就是說你這點啦。」

兒時玩伴愣愣地看著我，又怎麼了嗎？

「先別管這些了，馬上就要全國大賽了，該怎麼辦？」

「爽朗型男，怎麼連你也提這個。」

他和熱血學長──火村學長相同，眼神閃閃發亮，充滿期待。

可惜，現實是殘酷的。你問我該怎麼辦，我才想問你還能怎麼辦？

全國大賽預賽下個月底就要開始了，而我們只是支籃球弱隊，照現狀來看，肯定是初賽就會被打回老家。

本來這個時期的大賽跟一年級新生幾乎扯不上關係，可悲的是，我們學校社團人數只能硬湊成軍，連一年級新生都能輕鬆當上正選隊員。

而我還得幫火村學長的告白助攻，光這點就夠折騰了。

我之所以再次打起籃球，全都是為了回應燈凪跟汐里的覺悟，這不過是我個人的任性。我想改變，覺得自己非變不可。

當時所抱持的想法，早已消失殆盡。如今我甚至無法回想起那份心情，只剩下這個事實。

被別人說喜歡我，應該是件開心的事。我想再一次被別人喜歡上。我只是為了取回如此理所當然的心情，才選擇了這條路。

不好意思啊，熱血學長、爽朗型男。我對你們口中的大賽完全沒興趣。

我並不是以此為目標，希望成就些什麼。

朝著未來努力，對我而言沒有任何意義。

純就這點，我和光喜他們有著明確的熱情差異。反正，不論爽朗型男能力多麼突出，籃球終究是團體競技，一個人再強也難力挽狂瀾，更何況練習時間根本不夠。我不認為學長們會想要每天拚死練習戰勝強隊，既然如此，我們哪還能做什麼。

「呼呼呼，我想到個好主意了。」

「你還是老樣子，一臉正經看起來毫無笑意啊？」

從剛才就試圖想加入對話的汐里說。她這男籃經理還沒和大家混熟，看來只能靠我出手相助了。

◆

時間來到放學後。今天的社團練習內容十分簡單。

「只要從我手上抄到球就算結束，在那之前都不能間斷。如何，很簡單吧？」

我朝著同年級的光喜、伊藤，以及熱血學長們說。

另外因為籃球社太弱社員又少，導致我們只能在體育館角落默默練習。

「這樣就夠了嗎？」

「慢著巳芳，你少多嘴！」

熱血學長和爽朗型男看似幹勁十足，其他人倒是只想偷懶。人數都這麼少了，還有明顯的熱情差異，實在不是好現象。

沒辦法，為了讓大家提起衝勁，就讓她幫個忙吧。

「只要能從我手上抄到球，汐里就會卯足全力跳狐狸舞。」

「阿雪你在胡說什麼啊⁉」

社團經理汐里突然被甩鍋，不由得驚呼。

「別擔心，相信我。」

「嗯、嗯……慢著！這很顯然不對吧！你怎麼擅自做這種約定！」

「你看大家似乎幹勁十足喔。」

男生們徹底興奮起來。

真不愧是汐里，這就是所謂的社團經理效果吧。

「你突然這樣講，我又不會跳！」

「反正時間多的是嘛，而且我也想看。嗷嗚嗷嗚。」

「咦？」

我斜眼瞄向直盯著手機查狐狸舞的汐里，隨後再次看向眾人。

「就憑你們幾個還敢肖想全國大賽，看我怎麼打醒你們。」

「來追我啊——喵呼——」

「你是學弟耶！就不懂得手下留情嗎⁉」

阿雪展現出壓倒性的實力差距，技壓男籃成員。

我喜歡在球場上躍動的阿雪，打從那時候就是，現在甚至比當時更喜歡。

我將一切深深烙進眼底，不想錯過任何瞬間。

「即使面對有體格優勢的對手，只要讓他重心不穩，就能誘使對方滑倒，就像這樣。」

「雪兔，再來一次！」

阿雪輕易使籃球社主將火村學長滑倒，巳芳同學來勢洶洶地衝了上去。兩人攻防看得旁人屏氣凝神、眼花撩亂。不過，瞬間就決定勝負。

「可惡——！」

巳芳同學和學長們一樣滑倒，現場簡直屍橫遍野。

只有阿雪獨自站立，彷彿證明彼此間實力差距。這沒什麼好奇怪的，因為我知道他如何一心一意地練球。

就這麼過了五分鐘、十分鐘，在體育館活動的其他社團學生，也忍不住停下手邊動作，從遠處看著這異常的景象。

「……好帥啊。」

我不禁脫口而出，事到如今才說這種話。

我就是想看他打球的模樣。明知會給他添麻煩，明知自己沒有資格，我還是追著他來到這裡。

現在，就是我夢想的後續。是累積無數好運才得來的傷停補時。

我受內心衝動驅使大喊：

「大家加油！」

現在從阿雪手上抄到球，並不是多麼重要的事，這點肯定大家都明白，這是一個顯而易見的試煉。

這段時間的重點，是如何接受結果，以及決定接下來該怎麼做。

「汐里，我們一起給這幫難堪的傢伙加油。」

「嗯、嗯！」

「雜碎♡雜碎♡」

「這不是加油而是嘲諷吧⁉」

「好了快點，妳也一起喊！」

「雜碎、雜碎！講、講這種話真的好嗎……」

「語調要像個小惡魔一般！」

「雜碎♡雜碎♡」

「傷腦筋啊……」

「怎麼了嗎阿雪？」

「沒事，妳的發育太好了，要說是小惡魔實在太過勉強。」

「你完全就是性騷擾吧⁉」

他開著玩笑，動作依然敏捷細膩。

「呼、呼。還沒……還沒結束呢，雪兔！」

巳芳同學搖搖晃晃，仍不氣餒地面對試煉。

「光喜，我跟你其實並沒有多大差距。單論體能，你甚至贏過我，你從頭學習如何操縱身體吧。」

「……操縱身體？」

阿雪再怎麼隱藏自己的溫柔都沒用，他就是無法拋下別人。

「你們就這點能耐還敢提全國大賽喔？真是笑掉我的大牙。慢著喔？牙齒真的會笑到掉嗎？我查查。」

阿雪一邊運球，一邊玩起手機。這是再明顯不過的挑釁行為，即使如此，還是沒人能從他手上抄到球。

現在大家確實是十分弱小，不過我有明確的預感。

「未來一定會變強。」

我漫不經心地碎念。大家拿阿雪無可奈何，被整得東倒西歪，一臉不甘。

被學弟如此玩弄數落，自尊肯定碎一地了。

但即使大家都精疲力竭，眼神仍蘊藏著鬥志。

「……我果然，還是喜歡他。」

我一度從他那奪走了夢想，自知這願望實在罪孽深重。

心中懷抱的憧憬，使得戀慕之情越發強烈。

他的行動改變身邊的人，使他們認真起來。

正因為如此，我才回想起阿雪過去告訴我的事。

他是為了忘記兒時玩伴硯川同學，才將一切心力都放在籃球上。他以自身龐大的思念為代價換取了力量，那股思念強烈到足以將周遭的人捲入，一同追逐顛峰。如今我才深刻感受到這個現實。

「——不想輸給他啊。」

我拭去眼角淚水，衝到他身邊。

剛好三十分鐘。球仍在阿雪手上。

希望和他一樣強大，我默默將這願望藏於心中。

◇

我走進速食店，馬上就發現目標人物，於是迅速點完餐。

「哦，光喜你看起來過得不錯啊。」

「好久不見，學長看起來也很有精神。」

「最近我居然無法獨自吃完大份薯條，真的是不年輕了。來，你也吃點。」

「學長胡說什麼啊，你不是才跟我差一歲而已。」

看著熟悉面孔，我自然地綻放笑容。他是大我一屆，國中時同為籃球社的大鄉學長。

他升上高中後，依然進了強隊成為正選球員。

「最近過得怎樣？」

問題相當籠統，我卻十分享受這樣的對話，有好多事想跟他講。

「最近每天覺得技不如人啊。」

「你？哦——有這麼厲害的傢伙啊。」

被那傢伙修理，渾身肌肉痠得發出悲鳴，心情卻十分暢快，這股不斷湧現的渴望，還真是久違了。

「我找到那傢伙了。」

這是我們之間的共識。我們提到「那傢伙」，就只會指某個人。

「那傢伙？原來是他啊……你終於找到夢中情人啦！」

大鄉學長興奮得傾前說出。我和學長們永遠不會忘記，那懊悔悲哭的夏日回憶。

我們夢想破滅，阻擋在面前的，是一個當時和我同為二年級的男人。

夢中情人。這說法雖然怪怪的，不過我也認同。打從輸給他，我們似乎就迷上那傢伙，且無限憧憬他的身影。

我們發過誓，一定要打倒他，替學長們報仇。只可惜再也沒那個機會。

「他當時骨折了。」

「受傷啊……那就真的沒辦法了。」

三年級夏天，特地前來加油的學長們肯定感到掃興。

打進全國大賽時，全場歡聲雷動，但我們心裡卻只惦記著那傢伙。那場夏日的眷戀，將會永遠伴隨著我們吧。

我並不懷恨，正好恰恰相反。每一天，我都過得無比快樂。進軍全國，這也是我的目標。因為有想戰勝的目標，必須跨越的高牆，我才能熱衷於練球。為此，我與學長們共度了拚命練習的時光，學長們畢業後，我度過了帶領大家的那段時光。

我過得非常充實，我的青春簡直光彩奪目。我只能想到這些陳腔濫調來形容，不過，青春不就是這樣嗎！

我感謝他，帶給我這樣一段美好時光。所以才會難以認同。

不論是他現在所處的環境，還是被不當貶低的現狀。

「所以你也繼續打籃球呀，這可真叫人期待。我懂了，你跟他讀同一所學校對吧。這下得想辦法拜託顧問老師安排場練習比賽了。」

「我們的實力可還沒強到能跟學長們打喔。」

「哦，『還沒』。意思是你們有那個打算是吧。」

「他似乎對比賽沒啥興趣，我就是死拖活拉也會帶他去。」

「所以呢，他到底是個怎樣的傢伙？」

學長這麼一問，我還真的想不到該如何介紹他這個人。

不論是他的言行或態度，還是他明明排斥他人，人們總是會圍繞在他身邊。當然，我也是其中一人。

我想了想原因，那或許是因為不論他如何排斥他人，都不會帶厭惡情感也說不定。

人是對感情波動相當敏感的生物，任誰都不會毫無理由去接近討厭自己的對象。不過，那傢伙卻不討厭任何人，好像打從出生就沒有這種感情，所以大家才想靠近他，想要接觸他。

不然像釋迦堂那類警戒心極強的人，不可能會主動靠近。只要接觸過他，就會自然想待在他身邊。

這或許是他那寬宏到足以接納一切的氣度所致吧。

「他是個言行不一，卻讓人無法放著不管的傢伙吧。」

「什麼跟什麼啊。也罷，我開始期待起來了。等你啊，光喜。」

「不會讓學長等多久的。」

「竟然露出小學生般的興奮表情，你好像也變了啊。」

「是嗎？我自己倒是不清楚。」

「你國中時倒是常跟人發生摩擦。」

「我只是變得直率而已。」

「喂喂，別鬧了，傲嬌男可是一點都不可愛好嗎？」

雪兔啊，我現在到底露出怎樣的表情？你可能沒多大興趣，不過我想再一次逐夢，這次是在高中這個舞臺，和你一起。我好不容易才再次見到你，要你陪我做這點事不算過分吧。

我想未來三年，肯定每一天都會過得非常開心。
隨後，我繼續向大鄉學長報告近況，聊些無聊瑣事，享受短暫的休息時光。

◇

「這看起來不會很怪吧……？」
我輕輕束起頭髮，並用小鏡子確認。我險些嘴角上揚，急忙將嘴型拉回一字。
「別得意忘形了，神代汐里！」
我斥責自己，從包包取出手錶，試圖沉澱高亢心情。
錶面玻璃出現裂痕，錶圈烤漆剝落，時針也不動了。
這手錶失去原有機能已久。這是我升上國中時，祖父送給我做紀念的禮物，結果用不到三年就壞了。
對不起，沒有好好珍惜你。我在心中碎念，輕輕撫過手錶。我一直把手錶留在身邊，無法丟掉。
我從天橋跌落時，阿雪保護了我。雖然我沒受傷，不過用力撞向地面的衝擊，害得手錶壞掉了。
手錶記載的時間，就是那個瞬間。愚蠢的我從阿雪身上奪走一切的時刻。
所以我隨身攜帶這只手錶。這是為了告誡自己，不要忘記犯下的過錯。

社團結束後，我等阿雪一起放學。這段時光非常幸福，正因為幸福，才會感到害怕。我害怕又失去了這一切，以及自己是否又會犯錯。

就算他恨我，那都是無可厚非，也無法有任何怨言。即使他在眾人面前譴責我，說不想再看到我，也都不足為奇。

因為我就是做了如此過分的事。

阿雪這麼溫柔，比任何人都善良，如今還給了我如此幸福的時光。所以，我才無法原諒有人說阿雪的壞話！

有許多人看阿雪不順眼，在那次事件後還變得更加明顯。雖然沒人排擠他或動粗，不過我逐漸能感受到那樣的氛圍。

我無法原諒的，就是那些口口聲聲說擔心我，卻對阿雪惡言相向的人，我差點就忍不住對他們動手了。

……這就是所謂的棒打出頭鳥嗎？真的是蠢死了。沒有棒子能打到阿雪，就算有，也只會害棒子自己碎掉。

我感到憤怒，心中湧現黑濁衝動。正因為阿雪出手相助，硯川同學、佐藤同學、宮原同學，才沒有受到傷害。

明明大家都感謝阿雪，卻有不知情的人指責他。

我為此感到又生氣又難過，無法原諒對方。我能為他做的，就是改變這個狀況。

我絕不能讓阿雪陷入孤獨，要讓他開心度過校園生活，使他的溫柔得到應有的回報，這是我唯一的——

「那東西還真叫人懷念啊？壞掉了嗎？」

我聽到阿雪的聲音急忙回頭，猶豫該不該把手錶藏起來。

因為喜歡才掩飾缺點，因為喜歡才會逞強，因為喜歡才只想表現好的一面，因為喜歡才不想讓他擔心，因為喜歡才會隱瞞，因為喜歡才會說謊。

小小謊言一點一滴累積起來，招致了無可挽救的後果。

我不會再對阿雪說謊，我已經下定決心了！

把心事跟手錶的事，全都告訴阿雪吧。他總是那麼溫柔，無論是多麼荒唐無稽的內容，他都會仔細聆聽。必要時他會給予解答，若只是不充分會給予提示，不明白的話會和對方一起思考。所以——

「這只錶，是那天弄壞的。」

我不再偽裝自己，以真正的自我面對他。這是我歷經成長後的答案。

「……原來如此。看起來很難修啊。」

「不是，我並不想修理，維持現狀就好，因為我不能忘記。」

我見過汐里手上的手錶。我記得國中時，她總是戴著。高中與她再會後就沒見到，沒想到是弄壞了。還是從天橋掉下來時弄壞的。我當時急忙抱住她，見她沒受傷就放心了，卻沒保護好她的手錶。

那似乎還是祖父送的貴重禮物，實在對不起她。

「要是我當時能更加妥當處理就好了……抱歉。」

「不對！阿雪沒做錯任何事！」

那次事件對汐里而言或許成了心理陰影，不論我說過多少次無需在意，她總是難以接受。

心裡老想著這些事，會使她無法邁進，就像那只靜止的手錶，在那個時刻停滯不前。汐里她上了高中，有權去享受這短短三年的璀璨青春。

「對了！不如我送個手錶給妳吧。」

「……咦？慢著阿雪，我不能收那麼昂貴的東西啦！」

「妳別慌，資金方面不成問題，應該說我正愁沒地方花。其實——」

這還真是個好點子。骨折住院時，汐里雙親跑來向我道歉，他們不光是給了我住院費，還付了一大筆賠償金。起初我堅持不收，他們卻說什麼都不肯退回，最後只好收下住院費外加部分賠償金。

我正苦惱這筆錢擺著也是擺著，如今花在自己女兒身上，相信汐里的雙親也會感到高興。最重要的是，假如這麼做就能抹去她的煩惱，化為前進的動力，那肯定是最好的用法。我開開心心地向汐里說明，她卻無法接受。

「絕對絕對不能這麼做！那筆錢是阿雪——」

「我已經決定要花在妳身上了，可不准妳有意見。」

「你這麼做我也高興不起來啊……」

她似乎不願接受這個主意，看來不過是我自賣自誇。

我看著汐里不安的神情心想，關係一度毀壞，就不可能恢復原狀。她之所以無法維持天真爛漫的個性，認為非改變自己不可，全是我一手造成的。

既然如此，我能做的就是盡可能化解她的陰霾。

「不然，用做的如何。不是買成品，而是做一個屬於妳的手錶。」

「誰要做……？阿雪嗎……？」

「我是很想親手從零件開始做起啦，只是這樣會花太多時間難度又高，先當作是未來的課題吧。打鐵要趁熱，準備DIY囉。」

「等、等等阿雪！我還沒——」

我從背後推著頑強抗拒的汐里。

希望她能夠再次綻放笑容。

手錶師傅總是起得很早。騙你的——我只是個高中生！這麼講不過是想逃避現實。

一早教室靜悄悄的。最近幾天，我都會提早三十分鐘到校開始作業。

精密起子、鉗子、三腳開錶器等工具散落在桌面。叫人吃驚的是，這些工具組其實還挺便宜的，反正修理手錶和換電池時也會用到，備個一套不會吃虧。

「妳看起來很睏啊，妳應該沒必要特地跑來陪我吧？」

「阿雪都早起來學校了，我哪能裝作事不關己啊。是說為什麼要特地跑來學校組裝啊？」

「在家裡作業，要要要、要是被姊姊發現怎麼辦！」

我驚嚇過度，手抖個不停。我和她上學時間錯開，就已經使她感到不悅了，要是這件事還穿幫，事情肯定會變這樣。（參考案例）

「蛤？為什麼沒有我的份？你是瞧不起我嗎？」

「……小的不敢。」

「為什麼不舔我？」

「小的不明白您在說什麼……」

「哼——」

「…………」

「我去塗蜂蜜。」

「嗚哇啊啊啊啊啊啊啊啊嗯！」

太、太可怕了……加上她最近動不動就待在我房間，在家作業絕對會穿幫，根本不可能瞞得過去。

先不管這個，打從決定要親自做手錶，我就花了不少時間在準備道具。雖然讓汐里等很不好意思，但我這人決定要做就非得做到好，還望她諒解。

畢竟隨便做做實在太無聊，於是我配合汐里喜好，買了各式各樣的零件，說實話花了不少錢。

所幸預算充裕，我沒告訴她，這次大概花了近六位數。

汐里生日是七月，我在錶面，鑲上了七月誕生石——紅寶石和楣石的碎片。這只手錶最大的特徵，就是依照汐里要求，在錶面上加了一個無計時功能的小錶盤，並將事故發生的時刻記在上面。

然後，將那只壞掉的手錶一部分零件移植到這只錶上。

不論從製作這只手錶的主旨，還是就我個人想法而論，我都不希望她看到這只錶會感到鬱悶，但汐里就是不肯妥協。

這是我第一次挑戰製作手錶，因此上頭並沒有追加任何複雜功能，純粹只能顯示時間。即使如此，這也是世界上僅只一只的獨特手錶。

要將時針、分針、秒針三者完全重合，其實還挺困難的。我用吹塵器將灰塵徹底清除，給藍寶石玻璃錶殼蓋上背蓋。做到這，就只剩裝上錶帶了。

「動了！阿雪它動了！」

「比想像中還順利啊，恭喜妳。」

我喘了口氣，感到肩上重擔終於卸下，要是失敗可就真的得不償失了。我深呼吸，伸展背肌，如此集中精神還真累，不過這股疲勞卻令我感到舒暢。

我看向汐里，她卻嚎啕大哭。為什麼!?

「怎麼了？有什麼不滿意的地方嗎？」

「不是！阿雪對我這麼好，我卻無法回報……」

「我又沒要求妳回報。」

「可是！」

她悲傷到似乎連馬尾都在垂頭低泣。我拍拍她的頭說：

「既然如此妳就別再自責，該從那個時間邁進了。」

「……謝謝。我會一輩子珍惜它的。」

「汐里，妳別搞錯真正該珍惜的事物。妳不是物品，不能替換也無法修理，要是受傷，可能會留下一輩子的傷痕，甚至導致傷殘。」

「——嗯。」

「幸好妳沒受傷。」

「嗚……嗚……對不起、對不起！」

她在兩人獨處的教室裡，如年幼少女般放聲大哭。

我受傷時，她也像現在這樣哭了。

我想，她現在流下的淚水，一定和那天不同。

◇

「別放棄啊！別放棄啊熱血學長！你這樣甘心嗎？你不是要告白？不是想讓她看到帥氣的一面？那些都是謊言嗎？你的心意就這點程度嗎！」

「呼……呼……九重、稍微手下留情……」

「別給我找藉口！你想告白不是嗎？你是為了什麼才努力練球至今！試想看看！她看到你這麼難為情的一面，哪有可能喜歡上你！這樣行嗎？她會被其他男人搶走喔？你是想看高宮學姊被其他男人抱在懷裡嗎！」

「涼音——！嗚哦哦哦哦哦哦——————！」

「沒錯，從一開始就給我出全力！唯有拚死努力的傢伙才不會真的死掉！」

「涼音我愛妳啊——————！」

今天籃球社成員也被我——九重雪兔教官狠操。

打籃球最重要的莫過於體力。當然要贏球也得練就技術，但若想在含中場休息、總計五十分鐘的比賽中打滿四節，就必須要有過人的體力。

要負荷如此龐大的運動量，必須先從跑步等基本訓練培養起體力，只可惜，學長他們實在是軟弱不堪。

這樣下去不可能贏球。還有，叫一年級來狠操三年級怎麼想都不對勁吧？

這個社團怎麼上下關係顛倒了！我心中的哥白尼都不禁倒立。

「沒事的就只有光喜啊，伊藤看起來是沒力了。」

「這點程度哪算得了什麼。」

「好，那你現在跟我比跑操場五圈。」

「喂、別給我說完就偷跑啊！」

「呼哈哈哈哈哈哈哈！」

「就說了別一本正經大笑，很恐怖好嗎！是說你也太快!?」

我先下手為強，飛也似地衝刺。籃球社成員正在跑校舍外圍，這是基本體能訓練菜單之一，訓練內容是我定的，還是全場一致通過的結果，根本莫名其妙。

學校籃球社本來就弱，導致校方不打算多費心力，而社團顧問安東老師也非專業，於是全權交給我處理。

我就這麼站上權力的頂點。

「敏郎你這笨蛋！」

「啊哈哈哈——」

學長們受到阿雪煽動而奮起。火村學長的心上人——高宮涼音學姊站在我身旁，面紅耳赤地為學長加油。她似乎是來觀摩。

「喂，敏郎！你輸給一年級都不覺得丟臉嗎！」

兩人互動看得我不由得笑逐顏開。直到前陣子，我都無法想像事情會演變成這樣。

我感到一切逐漸朝好的方向進展。

所以我也必須清算過去。

我心中還留有一個芥蒂。

阿雪所處的環境相當嚴酷，這是他為保護大家所付出的龐大代價。

所以我——我們，也不能老是被他拯救。

「我也……必須面對才行。」

◇

「謝謝妳願意前來，硯川同學。」

「你找我有什麼事？是關於雪兔對吧？」

隔天，我把硯川同學叫到空教室。

這件事對我而言非常重要，對硯川同學來說卻可能是晴天霹靂，我再三苦惱過，是否要告訴她這件事。最後還是決定和盤托出。

這是我們倆第一次如此認真地對話。

我們是情敵……而且，我們肯定不喜歡彼此。

不過，這一點現在完全不重要。我將手中盒子交給硯川同學。

裡面放著一個琥珀色的美麗胸針。這是我的寶物，也是我保管至今的重要物品。可是，我從沒戴上過，即使想戴，心中情感卻不允許自己這麼做。

我輕撫手錶。這都是多虧阿雪推我一把。

「好漂亮。可是，這東西怎麼了嗎？」

「這是阿雪給我的。」

「……是嗎？這是在炫耀嗎？」

「不對！這本來應該是屬於硯川同學的東西。」

「什麼意思？」

硯川同學詫異不解，這也難怪。

她不知道這是什麼，不過她才應該是這個胸針真正的持有者。我只是對阿雪說想要，代她收下而已。

阿雪把這個東西給了我，但我並非這東西真正的主人。

「這是兩年前，阿雪向硯川同學告白時，想送給妳的東西。」

「這……」

神代同學將胸針遞給我。我沒想到還有東西遺留下來。

我從雪兔母親櫻花阿姨那得知。他在告白後，就把所有東西都丟了。只要是與我相關的一切紀念和回憶，毫無例外。

我得知這件事時，不禁滂沱落淚。愚蠢的我還自以為只要和學長分手了，我們很快就能在一起。當時，如果我硬是追上他，或許就不會演變至此。之後命運產生巨變，一切都是天罰。

當我察覺時，早就為時已晚。這是愚蠢的我應得的報應。

我回想起兩年前。那天發生的事，以及燈織對我說的話。

——換做是我，才不會做出讓哥哥傷心的事。

沒錯，那孩子是如此純真、直率，她和我不同，不會做出錯誤選擇。換做是燈織，一定能讓他幸福。換做是燈織，一定能得到幸福。他們會受到眾人祝福，成為理想情侶。

燈織她曾憧憬——不對，我和她相同。我們曾經憧憬，能和自兒時便兩情相悅的青梅竹馬結為連理，如此令人稱羨，如夢般美麗的故事，確實存在過。

燈織得知我和學長交往，便與我大吵一架。

我和學長做愛的謠言傳開後，我不停說著支離破碎又不得要領的藉口，燈織聽了徹底發火，一個禮拜都不跟我說話。

她還把這事告訴爸爸媽媽，兩人甚至跑來問我有沒有避孕。

我感到無地自容，甚至想馬上消失。

爸爸媽媽知道我喜歡雪兔，雪兔以前也經常來家裡玩。儘管最近他都沒來，但爸媽依然很疼愛他。

我們情同家人，從沒懷疑過彼此會分開。

打從燈織和我吵架起，她就對我冷嘲熱諷，直到我們最近和解。而當我第一次聽說燈織的心意時，更是感到愕然。

燈織將自己的初戀藏於心中，支持我們倆，而我卻踐踏了她的心意。如今妹妹就算以自己的戀心為優先，我也無法有怨言，因為我沒這資格。

即使事至如此，燈織仍為了幫助我而行動，我真不配有這麼一位好妹妹。

「神代同學，我沒資格收下這個。妳既然收下了，這東西就是屬於妳的。」

神代汐里。我還心想她找我出來是打算說什麼，沒想到大出所料。她手上的胸針，竟然是雪兔當時想送給我的？

不過，當初是我否定了雪兔，我沒資格收下這東西。

「硯川同學妳真的能接受？這是阿雪想送給妳……」

「妳說得對。我曾一度否定過他，所以不能收下。而且他肯定是認為這個與妳相配，才會送給妳。」

「是這樣嗎……」

「沒收下這個是我自己的錯。正因為如此，我才絕對不能再犯錯。我不能再欺騙自己，我要讓雪兔回心轉意。」

這是我的決心。未來將近兩年，得在不見天日的隧道中前進，在看不見出口的地獄不斷徬徨。可是我必須走下去，這點我絕不退讓。

即使對手是燈織我也不會退讓。因為我有話得再次傳達給他。

神代同學瞪大雙眼，或許是我的想法也傳達給她了。

「我也不會輸給妳！」

「那麼妳就是情敵了。」

「啊哈哈，雖然我覺得情敵未免太多了。那個，硯川同學，如果妳不嫌棄，我們能做朋友嗎？」

「妳能接受嗎？我可不會把雪兔讓給妳喔。」

「這不光是跟雪兔有關，是我想和硯川同學當朋友！」

她展露出天真爛漫的親和笑容。我感受到神代同學原本擁有的魅力。

她和入學時簡直判若兩人。我終於明白，雪兔之所以變得更加陰鬱，是因為她在雪兔心目中就是如此重要。

「好啊，我們情敵倆就堂堂正正地戰鬥吧。」

「嗯！」

我們成為了朋友。不過，若是雪兔最後選擇她，我真的能老實祝福他們嗎？

我想不可能。在我心目中，沒有事比雪兔更優先。從那天起，我就是為了雪兔才活到今天。可是神代同學也和我相同。

這麼說來，我從那時開始就輕視人際關係。

因為我沒心力去理會那些事。我封閉自己，看不清周遭。

每一天，我都不覺得自己過得快樂。不過現在我或許得擴展自己的視野才行，這都是為了專注在他身上。

我握住神代同學伸出的手。

我都忘了。這是我從那天起，第一次交到朋友。

◇

星期天，距離約定時間稍早，櫻井她們就聚集在車站前。

在場聚集了各式各樣的班級成員。

B班因為開學沒多久校園階級制度就崩壞，導致班上的團體意識變得淡薄。當然，這全都是那男人害的。

在場有不少人是在考試時受到雪兔關照，譬如阿宅團體的赤沼他們就和雪兔處得不錯，還製作起準備獻給他姊姊的信仰神像——1／8悠璃小姐模型（六翼大大使Ver）。

其他人或多或少，也跟他有所交集。

這次表面上是要辦考試慶功宴，實際上卻別有目的。

「九重雪兔激勵大會」。主辦人是櫻井和巳芳，不過能聚集這麼多同學，全多虧

了九重雪兔的人望。

雖然他本人不太在乎，但九重雪兔當下所處的環境，絕對不會好受。他內心肯定因此受傷。

硯川燈凪將一切解釋清楚後，櫻井她們才終於知道，九重雪兔到底是為了保護什麼，又是為何會做出如此艱難的選擇。

除此之外，他們也終於知道，自己總是輕易地依賴九重雪兔。什麼都沒做，將問題交由他人解決，下場就是由他獨自承擔。對此，他不怨恨亦不責備任何人。

九重雪兔保護了許多事物，唯獨他沒有得救，僅只他一人犧牲。

所有人懊悔不已，造成這結果的就是自己，是我們把他逼上絕路。對於擁有相同想法的人們，這次機會可說是順水推舟。

「小紀，我的瀏海看起來如何？」

「是，很可愛啦。害得我也開始緊張起來了。」

「這股微妙的氛圍到底是怎樣……」

「因為……你懂的嘛？」

巳芳和高橋苦笑，伊藤也在一塊。由於硯川和神代等人在場，使得她們一行人十分亮眼，卻散發出莫名緊張感。

眾人內心動盪不安，既期待又緊張。這也正常，因為今天可是要約那個九重雪兔一起出去玩，這當然是大事一件。

「九重仔，真的會來嗎？不是說我不相信他，只是實在難以想像，九重仔平時是什麼樣子啊？」

「什麼樣子……阿雪平常就是那個樣啊。」

「平常就那個樣，我們今天能活著回去嗎？」

「你們是把九重同學當成天災還什麼嗎⁉」

能讓平凡日常掀起驚濤駭浪的男人——九重雪兔，不論從正面還是負面意義上，他都已經是全校第一有名的學生了，沒人知道跟他玩在一起會發生什麼事。

「不知道他會穿什麼衣服？」

「就算他穿全身迷彩我都不會驚訝。」

「他有沒有可能盛裝打扮啊？」

「可能喔。我覺得也可能是穿奇怪的T恤。」

「悠璃學姊那麼漂亮，品味應該也不錯才對……」

一夥人滿心期待地等著，忽然間，巳芳手機響起。

「咦？是雪兔——怎麼了？」

閒聊驟然止息，所有人開始偷聽對話。

「蛤⁉你在說什麼……啊啊，原來如此，嗯。你沒事吧？有受傷嗎？警察⁉為什麼會……真的假的……然後呢？」

「我怎麼聽到好幾個不尋常的關鍵字……」

「九重仔到底做了什麼啊？」

「呼……」

巳芳掛斷電話，露出不尋常的神情。他想了半晌，應該如何傳達給大家，最後決定照實說出。

「抱歉大家，雪兔沒辦法來了。」

「發生什麼事了？」

「他被戴著耳機、單手玩手機騎腳踏車的女大學生撞到，目前警察到場處理了。」

「阿雪沒事吧⁉」

神代慌張地靠近。眾人提心吊膽，巳芳則安撫大家說：

「他沒事，好像沒受什麼傷。警察問雪兔要不要提出受害申告（註1），他現在正在和那名女大學生商討。」

「沒受傷就好……」

現場瀰漫著尷尬的氣氛，此時峯田率先開口說：

「那個，他說的，是真的吧？應該不是找藉口不和我們出去玩吧？」

在場某些人或多或少也產生了這樣的想法。

眾人不安地思考，今天聚會是大家硬要求雪兔參加的，他會不會覺得這根本多管

註1　警察收到受害申告便必須處理案件，類似臺灣報案。

閒事，甚至感到負擔呢？

就藉口而言，這實在太過誇張，可是九重雪兔這人，不論做什麼都會搞成大事。

如今他本人無法前來，眾人也只能臆測。

「他不是會說這種謊的傢伙吧。」

「雪兔才不會說謊。」

「說得也對，抱歉！」

峯田道歉，此時巳芳手機再次收到來自於九重雪兔的訊息。

「這次又怎麼了……雪兔傳來的。說大家玩開心點。」

「玩開心點……在這氣氛下是要怎樣開心得起來。」

「那傢伙怎麼連假日也老是發生這種事啊？」

「這跟雪兔的意願無關，比較接近他的體質。」

「他至今到底是過著怎樣的生活啊……」

「雖然有點興趣，但實在不敢問啊。」

沉重氣氛圍繞著一行人。

「沒辦法！反正九重同學似乎沒事，我們就轉換心情好好玩吧！」

主角不在確實是可惜，不過大家已經做好一個決定。

那就是不會孤立他，不再讓他獨自面對事情。

硯川和神代，心中抱持著下次我一定要守護他的強烈情感，或者說是使命感。

儘管她們並不知道，這和九重雪兔的意圖正好相反。

「是啊，詳情等上學再問，我們出發吧。」

「我明明很期待他來耶——」

「嘻嘻……他的生態依舊充滿謎團……嘻嘻嘻嘻，多麼神祕。」

「咦、釋迦堂，妳什麼時候來的!?」

大夥熱熱鬧鬧地啟程。此時峯田她們心中的懸念早已消失。

將九重雪兔牽扯進去的腳踏車事故，出現在當天傍晚和晚間的新聞，甚至登在隔天報紙上。

星期一，校方還特別呼籲學生必須小心交通安全。

第二章「探索丟失之物與日常」

即使是搭載了阻尼器的我，上週也真的是吃盡苦頭。

我說真的，要是身上沒有脂肪可能就死定了。

我這邊緣人難得被嗨咖軍團邀去玩，卻被腳踏車撞到，導致整個行程泡湯了。雖說最起碼不是被汽車撞，但我其實也分不清這樣算是運氣好還壞。

由於對方行徑惡劣，警察和姊姊苦口婆心勸說我要提出受害申告，不過我最後還是決定和解。對方是混血兒，似乎不熟悉日本的常識。她和雙親一同向我謝罪時，還整個哭了出來，搞得好像我才是做壞事的人。所幸我沒受傷，只要她未來多加小心就算了吧。

畢竟沒懲處實在說不過去，我就以和解金的名義收下一小筆錢，拿來請同學吃壽司披薩，當作是難得邀我卻無法出席的賠罪。只是我在學校叫外賣，最後被生活指導的三條寺老師罵了一頓。

這老師其實很溫柔，發生事故時也非常擔心我的安危。

「原來你這麼厲害啊！」

今天阿提米絲學姊也和我一起吃午餐。每次來她都在，害我開始懷疑她是不是這逃生梯的地縛靈了。

「什麼意思？」

「前陣子，你不是在社團活動時修理了其他學生嗎？」

雖然明白她在指哪件事，不過我優先提出心中疑惑：

「為什麼阿提米絲學姊這種邊緣人會在體育館？」

「都說過好幾次我不是邊緣人了，為什麼你就是無法理解啊？嗯？哼哼——別看我這樣，其實也是參加球類競技社團！」

「槌球社是吧？年紀輕輕就跑去打老人球有什麼好玩的？」

「羽球社啦！別擅自把我加進奇怪的社團好嗎！」

「我看只有在創作故事裡，才會有人爭著買炒麵麵包吧，像我就不太喜歡吃。」

真不明白不良少年為何這麼喜歡炒麵麵包，他們是被碳水化合物附身的魔物嗎？

「就說不准無視我了！你不愛吃幹麼買炒麵麵包？還有我才沒騙人，我真的是羽球社好嗎？」

「哈哈。」

我冷笑兩聲。

「你那輕蔑的態度是怎樣!?相信我啦！相——信——我——！我最近可是被你害得被大家當作是稀有角色，他們還說什麼只要看到我就會被保佑耶？」

我從卡通青蛙造型的錢包嘴中取出零錢。

「……你在幹麼？」

「我想求神明保佑，所以掏個香油錢——」

「不需要！就是因為你老做這種事，大家才有樣學樣，開始往奇妙方向宣傳我的人設。不、不過嘛，最近班上同學比較常找我聊天，說對我改觀了，學弟妹們也說我變得平易近人，不完全只有壞事就是了。」

「學姊就是討厭這樣才總是跑來這吧？」

「才不是！就說我並不是討厭才——」

阿提米絲學姊害臊地用手指戳我。

「稀有角色……邊緣……會逃跑……被喜歡……保佑……」

我總算明白了，原來她根本不是什麼地縛靈。

「雪兔同學？」

「迷路女神學姊，請給我經驗值。」

「你信不信我給你致命一擊。」

「噫咿咿咿！」

九重雪兔斷氣了。

「哦哦，雪兔啊。你就這麼死掉也太丟臉了吧。」

「我還活著好嗎？」

我緩緩活了過來。忽然，迷路女神學姊臉色變得陰沉。

「話說回來，你也真是辛苦。我身邊的人明明對你不熟，卻動不動就說你壞話，害我都心灰意冷了。」

沒辦法，誰叫我把事情鬧這麼大，反正我沒遭受直接被害。況且對迷路女神學姊這些高年級而言，不論有多麼礙眼討厭的低年級，他們都沒必要背負風險與對方扯上關係。

「那些人的反應才是正常的吧。所以奇怪的應該是迷路女神學姊？」

「別鬧了！我好歹也是站在你這邊的好嗎？而且你不論被怎麼數落，都不會說人壞話，我覺得光做到這點就已經非常出色了。雖然你總是耍得我團團轉。」

「我很尊敬學姊好嗎？我這趴在人類最底層的生物，只能羨慕地仰望身邊的人。這就是所謂的慚鳧企鶴吧。」

「要是你少了這讓人笑不出來的自虐，就只是一個怪怪的好孩子了……啊，對了。雪兔同學，這次你爸媽會來學校嗎？」

「什麼意思？我還什麼都沒做呢。」

「『還沒』，意思是你又打算做什麼嗎？我總覺得你搞砸夠多事了……不是啦，差不多快到教學參觀日了。你沒聽說嗎？」

「……教學參觀？」

迷路女神學姊沒給我經驗值，反而丟了個危險的關鍵字，害我滿腦子只想著這件事。

◇

「我想大家可能聽說了，下個月要舉辦教學參觀，大家記得找家長填寫出席調查表。還有不准因為覺得丟臉，就自己代填不參加。」

迷路女神學姊所說的都是事實，老師還特別叮嚀不准做我想幹的事。

「今天我有好消息跟壞消息要告訴大家。」

小百合老師一臉憂鬱，說出了能排進我一生中前三想講的臺詞。

「最近上頭要前來視察。大家開心吧，一年級視察班級已經確定是我們班了。真不知道為什麼啊——？你說是不是，九重雪兔？」

「因為老師漂亮又聰明？」

「說得好。」

疑問三兩下就解決了，可喜可賀可喜可賀。

「那就當是這麼回事吧。」

「你別擅自結束話題。」

「可是，老師漂亮又聰明不是事實嗎？」

「如果這世上有討我歡心的檢定，你肯定能拿一級。」

「哦哦，在下不勝惶恐。話說回來，好消息是什麼？」

「視察選到我們班。」

「那壞消息呢？」

「視察選到我們班。」

「老師這話說得可真妙啊。那就當是這麼回事吧。」

「就說你別擅自結束話題了！上次考試害我們班一躍成為備受期待的明日之星，我都忙到快死掉了……最近還發生一連串的麻煩事，這次是難得能挽回的機會，拜託你們別出亂子。」

「不過老師，我們哪能幫上什麼忙……」

伊莉莎白說得對。就算上頭要視察，我們也無法準備，頂多只能做好心理建設。

「給你們個重要任務。就是盯緊這傢伙，別讓他又闖禍了。」

「原來如此。」

班上同學點頭同意。伊莉莎白和峯田兩人看著我頻點頭，就連爽朗型男也點頭了，釋迦堂則偷偷用手機看她的爬蟲類寵物，我也理所當然地點頭。

「為什麼你露出了完全能理解的表情啊……」

汐里瞥向我苦笑，只有燈凪愣愣地吐槽。

「都高中了還辦什麼教學參觀啊？雪兔你家人會來嗎？」

休息時間。爽朗型男一臉嫌煩地提問。

「我媽很忙應該沒空來吧。這種事一般都會參加嗎？」

回想起來，我媽過去只參加過兩次教學參觀。

其中一次我心想不能給她看見丟人的一面，緊張到一直沒回頭看就結束了，因此完全沒記憶。

倒是媽媽的妹妹雪華阿姨，曾代替母親參加好幾次，無論如何，現在都上了高中，實在沒有參加的必要。

「就是說啊──國中來參加還多少能夠理解，我們都高中生了──」

伊莉莎白自然地加入我們對話。嗨咖的社交能力真強。

邊緣人在這種時候，果然就得偷偷裝睡偷偷聽。都怪眼前這個臉上鍍水銀的傢伙找我說話，我才來不及裝睡。

「該死的爽朗型男，不可原諒。」

「你沒事幹麼罵我？」

「三年級考生的家長似乎多半不參加，假如最後就只有自己家人沒來，那肯定會很丟臉。」

「嗯──伊莉莉，聽說升學取向學校參加率很高耶。」

「妳剛才是不是講了什麼不得了的綽號!?」

「啊，一不小心！」

伊莉莎白猛搖拿手機查資料的峯田。

「我媽媽應該會來。」

「咦，茜阿姨要來嗎？」

燈凪畏畏縮縮地找我攀談，而我被她的發言嚇得背脊發涼。前陣子燈凪身體不舒服請假時，我送東西過去才害她生氣，這也未免太尷尬了。

「她說想跟你道謝。」

「終於要來尋仇了嗎？」

我不由自主嚥下口水。即使當時那麼做是最佳選擇，我中傷燈凪仍是事實。就父母立場來看，肯定是對我恨之入骨。看來我們之間的鴻溝是越來越深了。

「你胡說什麼呀，你幫我的事，媽媽早就知道了。」

「那她應該更清楚，我做了一堆惹人厭的事才對。」

而且茜阿姨都禁止我踏入家門，我還打破約定。這真的是無法找藉口，要是在她面前吞下千根針的話能原諒我嗎？雖然吞完之前大概就得叫救護車了。

我沒打算打破約定。我沒必要再見燈凪，也不需要待在她身邊，我明明早就看開，把一切拋諸腦後。

因此再次與燈凪產生交集，全都是我的責任。若她打算斥責懲罰我，我也甘之如飴。

「別擔心，媽媽不會做出雪兔所想的那些事。還有，媽媽說這些電影票送你當作是賠罪。要一起去看嗎？」

「鯊魚電影嗎？」

「並不是。」

燈屈無視我的不安，露出柔和笑容，看起來就和那天的她一樣美麗。

有道是溫故知新，如今，重新審視校園七大不可思議的時刻終於到來。

夜巡校舍早已廢除的當下，就算人體模型深夜在校舍走來走去，也不會被人發現。應該說若真有哪個誰看到，那他才是可疑人士。

隨著和式廁所改成西式廁所，廁所上到一半馬桶不會冒出手來。勞碌命的二宮金次郎，也成了走路滑手機太郎，沒人會想助長他的危險行為。至於時速一百公里，會在走廊上追著人跑的半身死靈就更別提了，你是要時速多少公里才能逃過它的追殺！能逃過的八成也不是人，拜託去參加奧運好嗎？還有走廊並沒有多長，要掰也麻煩掰得像樣點。

因此，我們必須靈活地更新那些不合時宜的七大不可思議。

生於現代的神祕獵人——九重雪兔本人我，在此提倡一個新的七大不可思議。那就是「端坐在學生會室的不知羞恥會長」。

「好高興啊，你竟然會來拜託我。」

太失敗了，負責幫她踩煞車的人怎麼不在。三雲學姊上哪去了？

我不明白高中的教學參觀參與狀況，杜鵑不知，則問知情者矣。附帶一提，聽說杜鵑鳥會在樹鶯巢裡下蛋，並將巢裡的蛋推到地上，使數量吻合。

多麼殘忍的托育行為，這才是真真正正的綠帽行為，簡直就是綠帽鳥。

姑且不說這個，我來到學生會室，想藉助經驗豐富的三年級生智慧，偏偏唯一擁有常識的人，也就是最重要的療傷系學姊——三雲學姊不在。

現在此處只有我的天敵，也就是這名不知羞恥的學生會長。既然我的活力點滴三雲學姊不在，那麼脆弱的我便如同被勇者魅惑的女主角般，身陷危機之中。

「裕美去教師辦公室了。應該馬上就會回來，你難得，都來了，就放輕鬆點休息吧。」

「為什麼後半段話聲調毫無抑揚頓挫。」

「不懂你在說什麼？」

「那當我沒說……」

千萬別過度深究。儘管學姊熱烈歡迎，但我可不想一直待在危險地帶！我感受到危機，於是決定早點把問題問完，立刻離開這鬼地方。

「這個嘛……在我一年級時，參加人數似乎大概占班上兩成左右吧。聽說特別重視教育的學校，參與率會不太一樣。」

「原來這麼低喔。」

「是啊，男生多半會感到害羞。女生家長的出席率好像高一點吧？」

說到底，祁堂學姊還是挺可靠的，不愧是學生會長。學姊的評價上升了！

既然參與率只有兩成，那媽媽不來似乎也沒太大問題。我看這傾向也不會到了今年忽然改變。

媽媽工作繁忙，要她為我這笨兒子特地跑一趟，實在叫我於心不忍。我想也沒必要請雪華阿姨代她出席。

「話說回來，為什麼妳要坐在我膝蓋上？」

正當我解決疑惑，感到神清氣爽時，問了個實在令我介意的問題。為什麼不知羞恥會長會坐在我膝蓋上？

「我呢，其實多少有在反省自己是不是跳過太多步驟了。等彼此關係更深一點，或許比較方便做那種事。你看這樣如何？為拉近彼此距離，我們乾脆直呼名字或取個綽號。我個人推薦你叫我小睦。」

「我覺得妳距離縮得也太快了點，小睦。」

啊，這人果然沒救了。學姊的評價降到谷底了！

以名字直呼學生會長的難度也太高，我也不想用小睦這綽號叫學姊。學生會長，也就是這所學校的老大，我認為應該用個帶有敬意的名字稱呼她，真是個難解的問題。

「我們先縮短兩人的物理距離吧。」

「說實話有點重，能勞駕妳讓開嗎？」

「誰知道呢，你其實還挺享受的吧？」

「是啊。」

我誠實以對。享受的事就是享受。

「你就這麼在意我的屁股嗎？呵呵，不瞞你說，這陣子又變大了。九重雪兔，告訴你個祕密，其實我是安產體型。」

「這種完全無所謂的事我根本聽不進去！」

她莫名其妙告訴我這個祕密，是說我知道了又能怎樣！

「不必害羞沒關係，我就是認為你會開心才說出來。啊，我都明白，這是為了給將來做準備。我是在放眼未來。」

「妳確定那是未來不是妄想嗎？」

才疏學淺的我，和學生會長所看到的世界似乎完全不同。

「所以你也告訴我一個祕密如何？我所認識的你，是不可能沒來由地做出那種行為。能告訴我那到底是怎麼回事嗎？我實在是想不透，為什麼不知不覺中，你就被大家當成壞人了。我保證不會讓你吃虧。九重雪兔，真相究竟是什麼？」

會長緩緩從我膝蓋上下來，神態嚴肅地直視我。

事到如今，我不可能說出真相。大家眼見的一切就是事實。

「真相就是我是個人渣。」

「不可能！你這次又對誰——」

「小睦我回來了——九重同學？」

「三雲學姊，HIPBOSS 欺負我！」

「別用那種像是在北方大地當棒球教練的綽號叫我好嗎？」

◆

我非常尊敬媽媽，或者該說我對她只抱持著敬意。

人們常說反省這事連猴子都會，那反觀尊敬又如何呢？

人說紅毛猩猩乃是森林賢人，而黑猩猩似乎則相當暴躁。既然族群中存在著頭目，或許在動物世界裡，會以相當嚴謹的態度看待尊敬一事。可是，大家試著思考看看。

我住的公寓是我媽買的，我連一毛錢都沒花。就寄人籬下的立場而論，我應該要支付房租才對。我沒付學費，伙食費也是母親出的，她甚至還給我零用錢。即使我拒收，她仍堅持說總有機會能用上。

她的靈魂是多麼慈悲為懷且偉大，就算稱為聖母也不為過。不過為以防萬一先說好，我媽媽的名字叫櫻花，不是瑪麗亞。

前陣子發生過這樣的事。剛入學時，我這邊緣人交友關係淺薄，手機聯絡人一片空白，手機給我簡直是暴殄天物。

於是我便提出了「九重雪兔無須手機理論」。

我還做了個實驗來證明論點。在實驗期間裡和我有交流的，只有爽朗型男跟冰見山小姐，且次數還少之又少。晚上回家，我根據這實驗結果，對媽媽講述自己根本用不到手機，本以為能讓媽媽開心，想不到卻害她哭了。不對勁，不應該是這樣啊。

手機費也是媽媽幫我付的。我只是想為她節省無謂支出，想不到卻弄巧成拙。

我不論做什麼都有辦法讓媽媽哭出來，這點有目共睹，如果這世上有惹哭媽媽大賽，我鐵定能拿冠軍。

夜深之後，哭到眼睛腫起來的媽媽仍不肯放開我，最後只好在媽媽寢室和她一起睡，我緊張到根本睡不著，媽媽倒是睡得很香。真叫人難以理解……

我經常在想，自己是個沒有價值的人。說白了，我就是隻媽媽身上的寄生蟲而已。像我這種人，哪來讓媽媽投資心力的價值。

將來我是打算將她投資的金額全數奉還，不過每天渾渾噩噩地過活，好像在證明自己真的毫無價值一般，說實話有點對不起她。我一定會盡我所能收心，絕不忘本。

就世間常識來講，這就是所謂的「知恩」跟「報恩」吧。

我總是受到他人恩惠，完全沒有報恩，這樣稱不上是互利互惠，而是利用他人溫柔單方面榨取。

——所以我才不禁想著。我待在這真的好嗎？

「對不起喔。同學會應該不會弄到太晚才對。」

「那麼久沒跟同學見面，好好去玩吧。」

媽媽下週要參加高中同學會。哦——我未來有可能參加同學會嗎……說說的，哪可能參加啊，我看甚至不會有人聯絡我。我估計是事後才知道有辦同學會的那類人。若是這樣倒還算好，總覺得沒人知道下落，最後當我死掉的可能性才是最高的。

「有什麼需要的東西，就跟我說吧，我會準備。」

「那種事交給雪兔就好了。」

啊，竟然把鍋甩給我。唉——妳好歹是位少女吧，這樣真的好嗎九重悠璃！我在內心如此責罵，姊姊卻忽然怒瞪我。噫！我每次都在想，她到底怎麼讀到我的心聲!?

我是散發出什麼電波嗎？

「怎麼了？有蟲嗎？」

「沒事，好像有怪電波。」

我試著揮了揮手，可惜電波這種東西肉眼根本看不到。

「對了，這週假日要不要去哪玩，大家一起出門如何？」

「不用勉強啦，假日就好好休息。」

「這、這樣啊……學校過得怎樣？有碰到什麼麻煩嗎？」

「沒有，我吃飽了。先去洗澡。」

我們三人一起吃飯時，總是靜悄悄的。還是媽媽和姊姊兩位同性好好相處吧，我就不打擾了，於是我迅速收拾餐具離開餐廳。

媽媽工作都那麼累了還要為我操心，真希望她好好享受同學會。她難得放假，就別在意我的事，好好養精蓄銳。這點程度雖稱不上報恩，不過既然是能力所及之事，做了總比沒做好。

況且，我猜母親心裡也是這麼想。

「自作自受啊。」

「…………」

女兒的話語冷漠到令人發寒，我卻無從反駁。即使我想對心愛兒子離去的背影搭話，話語卻煙消雲散。我只能在這燈火彷彿熄滅的餐桌上，任憑視線在他身上徬徨。

最近，女兒的心情相當不錯。悠璃和我不同，她和那孩子的關係逐漸有了改善。我多麼羨慕女兒，甚至對她產生恨意。

沒想到她修復了破裂關係。我本以為她已無能為力。

那或許不是單靠悠璃一己之力達成的，但她就是做到了。

這對我而言，就像是一線微弱希望擺在眼前，我說什麼都必須把握。

我嘗試努力不懈地與他增加對話，但實在難稱得上是出現成效。我問問題，他便回答，僅只如此而已，那孩子從沒主動對我說過話。我想聽他說話，那怕他說任何話題，講再怎麼微小的事。

不，這麼說不對。我怎麼能夠推卸責任！我緊咬雙脣，斥責愚蠢的自己。那孩子曾試圖與我溝通，他當時拚了命地想向我傳達各種事情。是我沒聽他說，是我充耳不聞。還用工作忙當作藉口，一次又一次地隨便打發他，踐踏他的努力，甚至盲信自己能有下次機會。

我在很久之後才發現，自己早就失去那樣的機會了。

「二年級馬上要舉行教學參觀了。照那孩子的習慣，或許會去找雪華阿姨商量。那類活動很少人會參與，他可能不會跟媽媽提起，反正他應該也不希望媽媽去。」

「……是嗎，已經到這時期啦。」

教學參觀。聽到這個詞讓我心頭一陣刺痛。從他小學開始，我有過許多次機會參加。最後我僅僅只參加了兩次。我明明想多看看他，看他在學校是怎麼過的。最後，我成了只會空口說白話的大騙子。

他已經是高中生了。將未來機會考慮進去，時間限制即將到來。那怕只有一瞬間，我都不能白費。因為我沒有時間了。

「也沒差吧，反正媽媽沒多大興趣，乾脆去找男人玩如何？」

「別說了，我才不會做那種事！」

我反駁悠璃的嘲諷發言。不過，這一切是我自己招致的。

妹妹雪華說過：「不准姊姊再參加了。」兒子也對我說：「不用來沒關係。」我應該早點請求他們原諒，應該早點和他們溝通。我害怕面對，不斷逃避到現在。

事到如今，孩子們不可能相信出爾反爾的我。

「我會賭上自己的一切，把那孩子奪回來，我才不像媽媽那樣抱持半吊子的態度。所以——不准妳來妨礙我。」

我這個母親，被她那如烈火般的激情所壓倒。意志宛如濁流不斷湧來，她的覺悟令我不由自主顫抖，畏縮不前。

只要事關雪兔，這孩子就不會遲疑。那怕會弄髒自己的手，與世界為敵，甚至是打破倫理的制約。

「——妳，是個非常糟糕的好姊姊。」

「我才不管那些。」

悠璃起身，將餐具放進水槽，回到自己房間。動彈不得，連眨眼也做不到的我，大大地吐氣舒緩緊張。那股年輕氣盛的激烈情感，是自己學不到的。

「……真的嗎？」

正因為不願承認，我才自問自答道。我難以接受自己的思念、心意、覺悟，都遠不及悠璃。我不應該遜於她才對。

我是那孩子的母親。我才是最愛兒子的人。

「我到底該怎麼辦……」

我雙手掩面，嚶嚶啜泣。

狀況已刻不容緩。我沒多少時間，能以母親身分與他一起生活了。

高中畢業後，雪兔肯定會立刻離開家裡。豈止如此，那怕是我現在這個瞬間叫他離開，他都會二話不說照做也說不定，因為兒子早就做好這個準備了。

我該在同學會上，向大家請益如何養小孩嗎？我如此心想，又馬上陷入自我厭惡。我怎麼可能說得出口。顯而易見地，朋友們肯定會責難我，說一切都是我的錯。我真心厭惡總是白忙一場的自己。我明明為能多花時間在家陪伴兒子感到開心，每次卻適得其反。

我至今沒為他做過任何事，事到如今也只是杯水車薪。

悠璃的心意或多或少能傳達給他，而我卻傳達不到，只能為自己無能為力感到悶悶不樂。這就是我和悠璃最大的差異。

悠璃打從差點殺死雪兔那天起，就沒有逃避自己犯下的罪過。她所過的每一天，肯定是痛苦到難以想像。

那孩子不在家時，悠璃經常會跑進他房間裡跪坐，並將眼前景象烙進眼底。為的就是不忘記自身過錯。

悠璃表現出的覺悟令我感到痛苦。她刻意用那種方式嘲笑我，是為了要測試——我是否做好覺悟要當雪兔的母親。

我無力地拿起杯子，啜了一口。現場只剩下我一人，孩子們已經不在身邊。這就是我所導致的結果，我無法再期待一家人團聚。

「雪兔，我到底該怎麼做？」

我向不在此處的寶貝兒子問道。

客廳裡，只剩啜泣聲迴響。

我浸在浴缸，呆呆地沉思。

姊姊、燈凪、汐里親身教導我，讓我知道自己犯了錯。所以，我才做出與以往不同的選擇，可是事情依舊無法順利解決。

我犯了錯。那麼我究竟是何時，犯下什麼過錯？我知道自己犯錯，卻不明白自己做錯了什麼。

若是無法理解，問題便不會解決。我永遠只能維持現狀，無法回應他人的心意。

浮在熱水上的小鴨鴨，用那對渾圓大眼盯著我看。泡完澡，做個簡單伸展念完書後，就早點睡吧。

我吹乾頭髮經過客廳，發現姊姊常穿的短褲掉在地上。隨便亂丟實在難看，於是我撿起放回洗衣籃。

回到房間後，發現有一件女用內褲掉在床旁。那是姊姊常……不常穿我也不知道。我又沒看過。

隨便亂丟實在難看，正當我想撿起放回洗衣籃時，卻發現我的床鋪不自然地隆起。很顯然就是某個人躲在裡頭。

「莫非是強盜……不，是小偷嗎？」

霎時間，氣氛變得緊張，但我不禁苦笑。環顧四周，這殺風景的房間裡一個貴重物品都沒有，只有白茫茫的牆壁，以及少數個人物品和家具。

講好聽點是極簡主義者，實際上根本沒那麼稱頭。

我不過是承蒙母親好意，住在這個房間而已，如果她說不需要我，叫我滾出去的話，我就會立刻離開家。

換言之，這裡對我來說，跟飯店旅館的房間無異。那麼我就該隨時為離開做好準備，將東西收拾乾淨，更不需要擺放多餘物品。

我必須時時刻刻打掃，盡力不把環境弄髒。

只要有個能念書的空間，那就十分充裕了。我發過誓，至少在學習面別讓家人擔心，所以維持成績便成了我最重要的課題。我說什麼都不能再讓媽媽費力勞心。

試想看看，至今給家人帶來無數困擾的我，要是連書都不念，整天窩在房間打遊戲會怎樣？她看了肯定會不快到了極點吧。我不希望媽媽產生這種想法，她願意和我同住，還提供我這麼個房間使用，我心裡對她只有感謝之意。

九重家的人，對我都十分寬容且溫柔。本來就我的立場而言，應該一天朝媽媽寢室行兩次禮拜才說得過去。感謝母親保佑——感謝母親保佑——

總而言之，這房間空空如也。沒放半點值得竊賊偷的東西。雖然很對不起躲在床上的犯人，還是請他放棄吧。

至於我犯下什麼過錯，又是何時犯錯的，我依舊為追尋這個答案而兜圈子，即使我甚至不清楚能不能得知真相。

「小偷啊小偷，這裡沒有任何你會想要的東西喔？」

我擔心小偷被怒火沖昏頭。於是慎重選擇措辭，盡量避免刺激對方。

轉瞬之間，犯人從床單冒出頭來。

「我想要的是你！」

「媽媽————！家裡有裸體的座敷童子————！」

該名小偷說出了類似小紅帽故事中大野狼的臺詞，我嚇得急忙逃出房間。總覺得那小偷有點像姊姊，應該是我多心了吧？

我逃歸逃，還是順手將姊姊的內衣丟進洗衣籃，連帶把她脫的衣服也收拾了。

◇

我和燈凪約在車站前碰面。我們晚點要看的電影，是一部以犯罪蔓延的瘋狂都市為舞臺，講述一名被移植了大人頭腦的少年偵探生化人，將犯罪者趕盡殺絕並對改造他的組織復仇的犯罪懸疑片。

根據釋出情報，這似乎是部充滿爆破場景和血腥畫面的話題作品，我就不明白，茜阿姨怎麼偏偏選了這部片。只能說她選得太好了！聽起來超有趣啊！

「讓你久等了。太好了，馬上就找到人。」

「我不記得自己有和二次元美少女約碰面，妳認錯人——咦、妳不是小凪凪嗎!?」

「別用這種新穎的方式表達驚訝好嗎！」

我大吃一驚，嚇得連眼珠子都快蹦出來了。※此乃比喻

「好險好險，我以為美少女終於能從二次元跑出來了。」

「你的誇獎方式未免太誇張了！」

「我說妳喔，是要變得多可愛才罷休啊。當心我抖內妳喔。」

「就算你這麼講……」

這超絕美少女小凪凪到底是怎樣，竟然輕易跨越了次元障壁。

小凪凪太神了！各位說是不是！雪兔B～F：「說得好。」

她比約定時間早了幾分鐘到。仔細想想，我已經好久沒看到她穿便服了。雖然喜好跟過去沒差太多，給人的印象卻大相逕庭。

與國中時相比，她的穿著變得更加成熟了。

「我努力打扮了一下。好看……嗎？」

「轉一圈——」

「咦、咦!?這、這樣嗎？」

她原地轉了一圈。彷彿就像偶像演唱會常看到的那玩意。

為什麼我對這種事這麼熟悉呢？那是因為媽媽和姊姊買了新衣服在家裡亮相時，我要是不喊這個 CALL 她們就會鬧脾氣，妳們是小孩嗎？

「尊貴至極。我語言能力失常了，只能說可愛。」

「謝、謝謝。說起來，你從以前就時常稱讚我呢。你明明老實傳達心中想法給我，我卻總是無法坦率……真是笨呢。」

燈瓜低頭說道，眼角泛淚。

「……果然，妳變了呢。」

當年的她天真無邪，幾年前的她尖酸刻薄，如今的她，成了個坦率的愛哭鬼。

「是的話就好了。我實在無法原諒過去的自己。我們牽手好不好？」

「怎麼搞得像是在約會啊。」

「就是在約會啊。從好久以前，我就想這麼做了。」

她的舉止沒有一絲害羞或猶豫。燈瓜將緊握的手掌，和緩地對我張開。我想了半晌，便握住那隻手。

「想要的東西，從一開始就在我眼前了。明明只要伸手就能觸及，明明一直待在我身邊。對不起，我這麼晚才發現。」

燈瓜彷彿是講給自己聽似的，一字一句清晰地說著。她就像是在檢查流程一般，小心翼翼地確認後才向前邁進，為的就是不再犯下相同錯誤。

如今我已經想不起過去喜歡燈瓜，或是想對她告白的心情了。只要我還沒找回當時心情，就無法回應任何人的情感。

我想這肯定是一件殘酷的事。過去對我傳達心意的人們，都是鼓起了偌大的勇氣。不論我打算如何回覆她們，對方應該都希望我拿出相對應的情感才對。

願望無法實現，既然知道無法得到，於是放棄追求。

我在反覆發作的頭痛下思索。

那麼我，又應該如何回應她才好。

「謝謝你陪我。電影好有趣喔！」

「接下來要怎麼辦？」

「那個，你……還有空嗎？」

我們離開人滿為患的影城，看向時鐘。才過下午三點。

現在剛到夏至，太陽還高掛在天空。我沒其他行程，現在回家也還太早。而且有些在意的事情。

「拜託……我還想和你多待一會。」

「那倒是無所謂啦……」

她表情變來變去的，怎麼看都不膩。

不過，燈凪的表情偶爾會變得陰沉，我想她自己應該也發現這件事了。

「我知道你不想陪我……對不起，可是我依然——」

「真不懂妳到底在怕什麼。過來。」

我看向周圍，發現了目標物，於是硬拉著她的手走過去。

「咦？等等、雪兔你要去哪！」

「我要懲罰妳。」

「在、在現在這種時間!?而且還是在外頭，不行啦，天還這麼亮耶!?」

「妳在胡說什麼啊。妳看。」

我們向前走幾公尺，便看到象徵這個季節的某樣東西鮮豔地盛開。

「繡球花……？」

「好漂亮啊。」

「嗯……不過，繡球花怎麼了嗎？」

我雙手抓住燈凪臉頰，開始捏來捏去。

「尼、尼做什麼！」

「有好好看清楚嗎？」

燈凪臉頰很軟。這得筆記下來。

我放開她柔軟的臉頰，面向繡球花。

繡球花含有一種名為花色素苷的色素，會使顏色改變。現在正美麗盛開的藍色繡球花，再過一陣子，又會變成其他顏色。

「繡球花的花語是『傲慢』、『變心』、『冷酷』，正和我吻合呢。」

燈凪露出陰沉笑容自嘲。確實就負面意思而言，她沒說錯，不過繡球花的花語會隨顏色改變，其中多半象徵深刻的愛情。

「我又沒這麼說。我曾聽說過這樣的故事。為欠債所苦的人，在他還清債務時，視界會突然開闊起來，感受到四季變化。」

「你的意思是……」

「燈凪，妳別限縮自己的視界。深呼吸看看身邊，就能察覺許多漂亮的事物。那怕是美好的邂逅，也都隨時可能發生。看看那邊，那對情侶，居然在光天化日之卜接吻呢。」

「不要指著對方說啦！」

今天，燈凪不停打探我的臉色。就連看電影時，也只介意著我。比起享樂，她更像在抹除不安。

這樣下去，她下次或許會看漏什麼重要的事物。

「妳都當上高中生了，應該好好享受才對。」

「我做不到……因為，要不是我拜託你那種事——不對。要不是我追著雪兔念這所高中，要是我們沒有再會，就不會破壞雪兔的生活了！」

這下我終於理解燈凪到底在煩惱什麼了。她無法忍受我目前所處的狀況，她認為自己是造成這一切的原因。

「我又不在意。」

「可是！」

這個兒時玩伴愛操心的個性，從小到現在都沒變。

「不然，下次我有難的時候，換妳來幫我吧。」

「……我來，幫助雪兔？嗯、嗯！絕對、我絕對會想辦法。我會幫助你的。你有什麼困難，隨時都能找我談喔！」

她瞬間拉近距離，甚至能感受到彼此的呼吸。

「所以——謝謝你。」

我拭去燈凪的淚水。粉紅色繡球花的花語是「充滿朝氣的女性」。

這與她失落的模樣不相襯。

「不過，我要訂正你剛才說的話。美好的邂逅，早就已經發生了。從很久很久以前，在我還小的時候。只有這點，不論發生什麼事都沒變過。」

「這樣啊。」

我並沒有不識趣到會問那是與誰的邂逅。只願那已放手的思念、失去的情感，能有憶起的一天。

「快到晚餐時間了，我們分一半吧。」

時間過了下午六點。再帶燈凪逛下去，又會惹茜阿姨生氣。我必須避免繼續累積她的怒氣值……

到了近年，秋冬名產甚至能在一整年中都吃得到。我買了烤地瓜剝成兩半，一半遞給燈凪。

「謝謝，在這時期吃烤地瓜，感覺真不可思議。」

「確實是欠了點季節感跟情調。」

「是沒錯啦……好好吃。」

我在一旁看著燈凪開心地吃著地瓜，才察覺自己犯下了重大失誤。我這白痴，竟然給女生吃地瓜？未免太不貼心了吧。就算她因此對我失望也難辭其咎。

慘了！我怎麼會做出這種事！這真是九重雪兔最大的疏失！

「對對對對對、對不起。燈燈燈燈、燈凪。」

「雪、雪兔你怎麼了⁉」

我難掩心中動搖，而燈凪亦是。

「妳放心，就算妳放屁再臭，我也不會介意——」

「我才不會放！」

她「叩」地敲了我的頭。

「怎麼可能。妳聽好了，偶像不會上廁所什麼的，只是都市傳說罷了。」

「我才沒跟你扯這些，我只是說我不會放！」

「那不過是生理現象，妳不必感到丟臉。妳盡情放，不用顧慮我。來，別客氣。」

「你為什麼動不動就要說我臭！這根本是在造謠！」

「妳蛋白質攝取量少，不會有什麼味道的。」

「什麼嘛，這樣我就放心——就說我不會放了！」

「地瓜富含膳食纖維，維他命也很豐富，吃了對健康有益喔。」

「還是說你根本想聞？你是這麼想聞我放的屁嗎？你說啊!?」

「小凪凪。」

「什麼？既然你這麼說我真的放喔。我放你總滿意了吧！快聞啊！」

「妳別怪我多管閒事，像這種性癖，還是隱藏一下比較好。」

「還不都是你害的！真的是……笨蛋……不過——我最喜歡你了。」

燈凪看似放下心中大石，開朗地笑了出來。

她滿足地笑完，最後展露的表情，已揮去了原有的陰鬱。

第三章「在大學也能引起騷動的男人」

「嗨咖們都毀滅吧！」

我握拳說道。現在我人在大學裡。

原來這裡就是副本啊，得提高警覺了。【嗨咖巢穴】※推薦等級18

我回家換了套衣服後，前往大學裡的指定地點。

第一次來，還真希望有人帶個路。整個校園也太大了吧。

「啊，雪兔同學。在這裡。」

「二宮小姐？好久不見了。」

想不到馬上就找到了目標人物，也就是二宮澪小姐。

她是我被誤認為色狼時幫助我的彌賽亞。要是沒有二宮小姐，我和祁堂會長她們之間的事肯定會變得更加麻煩。

從那之後，我們就偶爾會聯絡。某天二宮小姐忽然說，希望我放學後去一趟大學。

雖說我們之前也曾見面交流過，但這次似乎是想拜託我幫忙。我區區一介高中生，能幫的忙實在有限就是了……

「叫我澪就好。我和雪兔都什麼關係了？」

「我們之間算什麼關係？」

「主人和奴隸？」

「原來奴隸制度在現代日本復活啦……」

「開玩笑的，我們是戀人才對吧？」

「啥？」

打從出生以來就以下略的我竟然有了戀人？而且對方還是位女大學生。和同學年女生們不同，她的穿搭和化妝都十分成熟。如此一比，就能體會到大學生和高中生之間的差異。不用說都知道，我怎麼看都配不上她。這重擔我實在難以承受。

「首先謝謝你今天前來，其實我有個請求。」

「——你能當我的戀人嗎？」

她將狀況說明清楚。澪小姐今天似乎被邀去聯誼。

聯誼，原來是真實存在的啊！我還以為那是憑空捏造出來的儀式呢。

就澪小姐的說法，她沒興趣也不想參加，純粹是因為人數不足加上朋友哀求，才逼不得已過去湊數。
聯誼對象聽說表面是籃球社，實際上是常見的「那種」社團。
聽到這我就懂了，我沒有丁點插手的餘地，應該說根本與我無干。
這對我而言，顯然就是被捲入麻煩事的前兆。
說到底的，為何要找我這高中生來充當男朋友，太莫名其妙了吧。
「他們可是打炮社團啊？那些人絕對會把我灌醉後撿屍，最後把我雙手比 Ya 一臉高潮的模樣拍成綠帽錄影帶寄給雪兔，這樣你也無所謂嗎？」
「妳在胡說什麼啊？」
「你這麼希望聽我說『雪兔的已經無法滿足我了』是嗎？」
「澪小姐，妳是不是謎片看多了？」
「仔細想想，現在這年頭還送錄影帶也很怪。怎麼想都應該是開直播吧？」
「Yeah——男朋友，有看到嗎——？」
「對對，就是那種。我肯定被他們用那影片威脅，最後懷上了陌生男人的孩子。」
「糟了，完全無法溝通。這人本來不是這樣的吧？」
「所以說啊，雪兔，你能不能幫幫我？」
「不，那個……」
「你就這麼想看我被人穿奶環嗎？」
「大學生好猛啊，我是指腦子裡面。」

「你不想看吧？」

「這單向溝通就不能想想辦法嗎？」

「你・不・想・看・吧？」

「是。」

我只能點頭。反正我就只是當她的護身符。在聯誼期間，裝成她的戀人就好，這點我倒是沒有意見。

「為什麼要找我？找高中生當男友未免太不自然了吧？」

「這種事我只有雪兔能拜託啊。我幾乎沒有男性朋友，況且這種事只能拜託值得信賴的人嘛。」

「帶男朋友參加聯誼，這樣還算是聯誼嗎？」

「我告訴對方說不這樣做我就不去。又沒關係，我們就自個兒親熱就好。」

「我們又不是這樣的關係……」

「反正我們都成戀人了，沒差吧。」

真不懂澪小姐何時變得信賴我，也太不可思議了。

我沒參加過並不清楚，但聯誼不就是用來找男女朋友的活動嗎？帶男朋友參加也太詭異，不過既然澪小姐和其他成員都認同，那我也沒話說了。

我也不希望見到澪小姐發生了那樣的事而後悔。她是我的恩人，那麼我當然只能選擇協助她了！

「我明白了，就這麼做！」

「就等你這句話。」

我們一邊做著聽起來像某位密醫的互動，一邊前往目的地。

◆

「我現在根本沒空做這種事啊……！」

我——紫蘭・海德拉・特里斯蒂正感到憂鬱。我用手指把玩著玫瑰金色的頭髮，這是思考事情時的習慣。

這話自己說出口有點怪，我自認個性算是開朗，只不過我從沒如此失落過。

原因出在我自己身上。前陣子，我釀成了一場交通事故。

我騎腳踏車撞到人。我掉以輕心，且太過天真了，才會犯下天大的過錯，當時我戴著耳機騎腳踏車。

光是這點就挺有問題，加上當時，我的手機響了。如果要確認對方是誰，有沒有必要接聽，那就停下腳踏車再看就好。而我竟然繼續騎車拿起手機，這些疏忽，最終釀成了事故。

在視線轉向手機畫面的那一瞬間，我撞到人了。

對方是個高中男生。或許是因為他有鍛鍊身體，我感受到自己撞到堅硬物體般的衝擊，而那名男生整個被撞飛出去。

我當下面色鐵青，一旁的人立刻衝向男生幫忙打一一〇。而我慌慌張張下了腳踏車，走到男生身邊。

所幸他沒有明顯外傷，但仍無法掉以輕心。因為過去曾發生過有人被腳踏車撞到大腦受損，幾天後便去世的案件。

若是撞到人的衝擊傷到大腦，那就無法從外表看出來。

怎麼辦！我怎麼會做出這種事！這是我從未體驗過的恐懼。

眼前這位年輕男生並沒有犯下任何過錯，而我可能會剝奪他的未來。

我會被警察以犯罪者身分逮捕吧。我做出了背叛雙親，還害他們傷心的事。明明最辛苦又難受的，應該是眼前這位男生才對，我對只想著保身的自己感到生氣又悲傷。

淚水不禁落下。我只能呆站在原地祈求，拜託、拜託這孩子一定要沒事。

就結論來說，最後事件以和解落幕。對方沒有明顯外傷，檢查結果也無異常。我和爸爸媽媽三人死命向他道歉。

當時的我，做好了被提告的覺悟。就算對方沒有外傷，我仍犯下了社會觀感上難以原諒的過錯。我戴著耳機拿著手機引發車禍，這種事不可能會被原諒。

可是，那名男生卻原諒了我。他沒提出告訴，最後事件以私下和解告終。我本以為他會要求高額賠償金，但他並沒有這麼做。

豈止如此，他還對不停謝罪的我和父母體貼地說：「別在意，我習慣了。」那男生的溫柔令我胸悶難受，我無法原諒自己，竟然傷害了這麼一個好孩子。

在那之後，我回歸一如往常的生活，心情卻沒有因此變好。我總會回憶起那孩子的臉龐，我想事故的加害者都會和我一樣，一生受罪孽苛責吧。

要是當時他傷到危險部位，我或許已經不在這裡了。

朋友們看我無精打采的，便邀請我去聯誼。其實我並不喜歡那一類場合，至今都沒接受邀約。我是混血兒，從以前發育就不錯。也因為如此，經常有異性純粹看上身體而對我告白，在大學也不時感受到下流視線。

這次我本來也想拒絕，可惜實在不好意思辜負朋友想幫我打氣的美意。不過，害那孩子受傷，又讓父母擔心的我，哪還有什麼心情享樂。

憂鬱心情難以平復，我拖著沉重步伐前往目的地。

「抱歉，我遲到了！」

除了我以外的人全都到齊，大家玩得正開心。男生們看到我明顯興奮起來，我感受到胸部和腿被噁心視線打量。

「好高興啊，特里斯蒂同學終於肯來了！」

「特里斯蒂同學，要喝點什麼？」

我一到他們就立刻想灌我酒，我其實不太能喝。

我起碼明白，在這種場合喝醉了象徵什麼意義。

真想馬上回去。我為什麼要做這種事？我到底來這幹麼？我分明就不喜歡這種場合。

（好噁心……！）

我憂鬱地望向座位。在稍遠的地方已經有一組男女配好對了，兩人有說有笑的。

咦？那是——一名似曾相識的男生坐在那。

事件過後，我滿腦子都是那溫柔男孩的事。

我並沒有厚臉皮到認為自己謝罪過，所以一切就這麼算了。我還想多跟他聊聊，想好好地向他致歉。

為什麼他會在這？

腦中浮現這個疑問，當我回神時，自己已經衝到他身邊。

「雪兔同學，對不起、對不起！」

「咕嘎！突然視線模糊還有神祕壓迫感感感感感——」

「雪兔同學，你後來還會痛嗎？有沒有後遺症？」

「沒事，我很好。」

「真的？要是出什麼狀況隨時都能跟我說喔？有什麼我能幫忙的，我都願意做。」

「紫蘭小姐，我真的沒事，妳不必那麼介意。」

「嗚……真的是很對不起！」

「妳之前就已經道過歉了。還有能不能稍微離遠點——」

「如果可以的話，希望你叫我特里斯蒂！」

「我知道了，總之妳先離遠點——」

「雪兔同學，你要喝什麼？你還不能喝酒對吧，喝可樂可以嗎？」

「怪怪，為什麼離這麼近還聽不到我說的話……？」

特里斯蒂小姐開始殷勤地照顧起我了，為何身邊的人都不聽我說的話，真是太神祕了。我們的對話看似成立卻毫無交集，彷彿是在演搞笑短劇。

原來剛才忽然覆蓋我視線的是特里斯蒂小姐。總覺得不能察覺那柔軟觸感究竟是什麼，先把這疑問趕出我的思路好了。別看我這樣，好歹也是個健康高中生。是說好大！這到底是什麼罩杯。我沒能把疑問趕出思路。

話說回來，沒想到會在這種場合與事故加害者再會。我不怨恨特里斯蒂小姐，也不打算秋後算帳。沒受重傷卻讓她如此介意，搞得好像錯在我身上一樣。

「雪兔同學，你認識特里斯蒂啊？難不成你都有我了，還打算多交一個戀人嗎？」

「為什麼妳要搞得像是真有其事？」

「雪兔同學應該明白吧？你現在可是假扮我的戀人耶。」

不明白。澪小姐詫異地看著我和特里斯蒂小姐，接著靠到我耳邊悄悄地提醒。沒辦法，還是先向她說明前因後果好了。反正這也沒什麼好隱瞞的，不過是我犯蠢罷了。

「————就是這麼回事。」

「這麼說來似乎真有其事，我好像有看到那則新聞，原來那是雪兔同學啊。真不知道該說你運氣太差還怎樣，你沒受傷吧？」

「我沒事。檢查也沒異常。」

「特里斯蒂也真倒楣啊。」

「是我不對，我還害爸爸媽媽擔心，根本沒資格說倒楣。更何況雪兔才是最倒楣的那個人，能見到你真的好開心！」

「妳不會感到排斥嗎？一般來說都不會想跟對方扯上關係……」

「才沒這回事！我一直很在意你。」

打從我們開始聊天，就能感受到一旁視線不停刺向我。

現場正在聯誼，我、澪小姐，以及後來加入的特里斯蒂小姐，卻坐在稍遠的地方，完全沒參加的意思。

加上兩人只有和我互動，顯得我們幾個更加突兀。也因此，剛才其他男性就不時對我投以怨恨的眼神。

「不好意思，我去趟洗手間。」

「一個人可以嗎？要不要我幫忙？」

「拜託妳饒了我吧。」

要是特里斯蒂過來幫忙，我哪還有心上什麼廁所。

我好歹是個健康的男高中生（以下略）。

「呼……」

總之解完手，不是大號而是小號。我滿足地舒了口氣。

這樣會不會太像老人啊？說實話，我到底來這幹麼啊？就算我沒喝酒，一介高中生竟然混在大學生中參加聯誼，怎麼想都有問題，甚至不用想都有問題。

雖說我這人身上問題多到數不清了，但是可不想被校方懲處。算了，事到如今被懲處也沒差了啦！

我一走出廁所，就有人靠過來。是籃球社的人。

這人一看就很輕浮，怪不得澪小姐說他們是打炮社團。當然我跟這人不認識，也從沒說過話。

「我說你，懂不懂得判讀氣氛啊？」

這個輕浮的傢伙，名字好長，這路人A對我說。

「氮七十八％、氧二十一％、氬和二氧化碳加起來大概一％左右。」

「我說氣氛，沒人問你空氣主成分！」

「我只是開點時髦的化學笑話嘛。科科科——」

「不要一本正經賊笑！」

「所以呢，找我什麼事？」

「啊？對喔。我說你，知道這是場聯誼吧？」

「我是這麼聽說的。」

「我看你好像是二宮同學帶來的，說實話，有你在簡直礙事。」

預感命中，就知道是要講這些，畢竟這幫人明目張膽地瞪我。不過對我講這些也沒用就是了。

「就算你這麼講，我只是被澪小姐找來的。」

「特里斯蒂也一直黏著你。」

「她可能不想跟打炮社團聯誼吧？」

「喂，你是瞧不起我們嗎？」

「別氣嘛，大家玩得開心點。」

「有你在我們根本開心不起來。」

「純粹是你們沒有魅力吧？」

「呿，你未免太囂張了吧。」

「我只是比較誠實。」

「勸你最好說話客氣點。你年紀比我小吧？」

「威脅年紀小的人不覺得可恥嗎？」

「你給我滾。」

「那我帶澪小姐一起回去了。」

「蛤？給我把二宮同學留下。」

「你白痴嗎？啊、說溜嘴了。」

「找死嗎你。」

不知為何路人A生氣了。不過，即使面對這樣的對象，我也毫無感觸。回想起來，或許我最早失去的感情可能就是「恐懼」。打從我開始求死，恐懼這情感就不復存在。

在那之後，我再也不害怕任何事物。呃，還是會怕姊姊。

接著失去的情感是「憤怒」。我放棄活下去時，就變得達觀面對所有事物，也因此不會產生情緒起伏。

放棄自我，不抱任何期待。後果就是忘記何謂負面情感。

這乍看之下似乎是件好事，事實上，這些確實是構成我這個人的一部分。但是，現在我所需要的並不是這些。

不論「恐懼」還是「憤怒」，都曾是我擁有過的情感，那麼我應該能夠取回。

因為理解他人對我投入的感情，才能理解他人對我的「好感」。

現在的我，無法回應任何人的心意。

曾幾何時，我失去了感情。我必須取回來，從負數變回零，才能理解在那前方究竟有些什麼。

所以我必須追求，追求過去遺失之物。為了不讓他人悲傷，為了不再看到他人哭泣，為了揮去反覆發作的頭痛。

我想再次「喜歡」他人。想要相信他人。

以及，我想再次「戀愛」。

我要取回消失的戀心，總有一天我要——

「那不是我能決定的，應該由澪小姐自己決定，這種事你總該懂吧？」

「你現在馬上自己回去就解決了。」

「我是被澪小姐找來的耶。」

「這種事我們才不管。」

「原來精蟲衝腦會變成這樣啊。」

「你少囂張了。」

他一把揪住我的前襟說。實在難以溝通，我反拉住對方衣襟，他就輕易鬆開手，

我趁機回到澪小姐她們那。真不知道該怎麼處理……

「啊、雪兔同學。歡迎回來！」

「剛才被纏上了，真傷腦筋。」

「咦、雪兔同學。你被誰纏上了？」

「那個人。」

我指向從廁所回來的路人A。我們眼神對上，他依舊對我投以厭惡視線。

「欸，你對雪兔同學做了什麼！」

「沒、沒有啦，特里斯蒂同學，我什麼都沒……」

特里斯蒂小姐逼問路人A。路人A含糊推託，全場一陣混亂。我感覺事情變得麻煩起來，便趕緊打電話求救。

「雪兔同學，我們走吧。繼續待在這裡也只會令人不快。」

「先等我一下。」

電話響了幾聲就立刻接通。

「咦，雪兔怎麼了？真難得你會打給我啊？」

「百真學長，好久不見了。不好意思，我正在和大學籃球社的人聯誼，不過我們之間起了點爭執，對方糾纏不休，能不能幫我想想辦法？」

「我們大學的？叫什麼？是說，我怎麼沒聽說有聯誼。而且為什麼雪兔你會在場？」

「這我晚點說明，對方叫路人A。」

「什麼路人？」

「啊，不好意思。他自稱是石井……」

「石井？我們社團沒這人。有打籃球的不只有我們社團，會不會是其他社團？」

「是這樣啊？聽說是打炮社團。」

「啊啊，是那幫傢伙，那就更和我們無關了。是說雪兔，我們可是正經的籃球社耶，別把那幫人與我們混為一談好嗎？」

「這麼說也對，對不起。」

「沒關係啦。怎樣，他們纏上你喔？需要我出面嗎？」

「不，跟學長們無關那就好。」

「你打算做什麼嗎？」

「敬請期待。」

我掛斷電話，對怒火攻心的特里斯蒂搭話。

「沒事啦，特里斯蒂小姐。他們沒對我做什麼。」

「可是，他們對雪兔同學……」

「他們也是想找樂子才會那麼做。」

「對不起喔，雪兔同學，難得你來玩。」

無精打采的特里斯蒂小姐真的很可愛。此時我浮現一個完美點子，大賽快到了，這說不定是個好機會？

熱血學長們各方面能力都太低，爽朗型男即使技術不錯，也還撐不上強。他們要補足的部分實在太多了，若想更上一層樓，不如利用一下這個機會也不錯。此時我突然察覺問題。

這無法當作是社團活動的一部分。儘管練習內容交由我安排，不過未經許可就擅自比賽會出事的。

等等喔，那私底下打就沒問題了吧？學校不可能對個人學習或補習班方針插嘴，這樣就不會造成他人困擾。若成員湊不齊再找百真學長他們幫忙就好。太完美了！

我靠近面露凶光的路人A他們提議道：

「學長們是籃球社團隊吧？」

「是又怎樣？」

「要不要跟我比賽？」

「什麼？」

「你們該不會想逃吧？」

「這小子……！」

不會逃最好。就讓你們成為犧牲品，來鍛鍊練習量和實戰經驗不足的本校籃球社吧！嘎哈哈哈哈哈哈哈！咳、咳。

◇

「好了，給我解釋一下到底是什麼情況？」

「九重雪兔，你要是喜歡年長的，不是有我在嗎？」

「連在其他學校都能惹出問題，你這個人啊——」

「九重，我說你呀，就不能稍微自重一點嗎？」

放學後，我被拉進學生會室罰跪。

這會不會太不講理了？根本是職權騷擾嘛。

我偷偷抬頭瞄了一眼。姊姊一看就是心情差到極點。姊姊造成的職權騷擾該怎麼稱呼才對，總之先稱作是姊姊騷擾，簡稱姊騷。至今為止，我和姊姊其實不太干涉彼此。

不過最近她總是黏著我。前陣子也是，一醒來就發現姊姊睡在床上，嚇得我直冒冷汗。基本上我不會違逆姊姊，一切都對她唯命是從，但眼下的問題可不只有姊姊。

在場有三條寺老師、班導小百合老師、HIPBOSS祁堂會長和三雲學姊，就連燈凪和汐里也來了，女性比例未免高過頭了吧。

察覺危險的我將爽朗型男一塊帶來，為何被罰跪的只有我一人。堅決反對偏袒！

「我們只是開開心心地打了場街籃啊。」

「我看他們不爽……哈!?不，妳們誤會了。我只是成全眾人要求，這其中沒包含任何令人不安的——」

「實話呢？」

「跟女人有關對吧。」

「妳會不會太敏銳了!?」

前陣子，我們籃球社和路人A他們有一場街籃對決。

即使大學生體格占優，他們終究是打炮社團，根本沒認真練習。第一節雖是對手占上風，不過我方之前的體能訓練見效，行動完全沒變得遲緩。第二節開始，局勢便一面倒向我方。

至今都還算是順利，而路人A他們見局勢不利，開始搞起小動作。我國中時成天打街籃，早已習慣那些骯髒手段，可是熱血學長和爽朗型男就不同了。

我方體力逐漸消耗，百真學長他們看到那夥人竟對高中生搞小動作，氣到下場頂替光喜等人比賽，最後我們也搞小動作還以顏色，取得壓倒性勝利。

最後意氣消沉的路人A那幫人被百真學長他們帶走，八成會被好好教訓一番吧。真是可憐，多保重啊。

說我不在意他們下場如何肯定是騙人的，但他們可憐歸可憐，終究只是路人，估計等明天我就忘了吧。

倒是現在我才真的身陷危機。就不能放我一馬嗎？

「知道你為什麼被叫來嗎？」

「不是因為打街籃那件事嗎？」

「這件事對方並沒有提出什麼抗議，雖然我對你的動機存疑，整件事也稱不上沒有問題，不過這次我就睜一隻眼閉一隻眼。」

三條寺老師看似傻眼地嘆了口氣。

「那麼為什麼把我叫來？」

「是關於聯誼的事。」

「我肚子突然痛起來了，八成是大腸桿菌在作亂，今天就此為止吧。」

「慢著，你別動不動就想逃。」

我正想起身離開時，忽然被人從兩旁架住。看來她們說什麼都不放我走。不要不要不要！我要回去！我裝作無理取鬧的兒童無謂抵抗。爽朗型男竟敢給我移開視線，我要把你的練習內容增加兩倍！

「為什麼要參加聯誼？你明明都有我了。」

「我好像聽到了什麼不對勁的發言，是我多心對吧。」

「你若是欲求不滿我能奉陪啊，我今天是沒問題的日子。」

「什麼沒問題!?看妳臉紅成那樣，到底是什麼沒問題!?」

「那當然是——」

「還是別說了，我怕聽到答案。」

「妳們還是學生好嗎！這次我非得好好教育你——」

「請稍等，三條寺老師。這人是我的學生。」

「雪兔，今天要不要來我家？媽媽也說你好久沒來了。」

這裡是戰場。只要我對任何人首肯，那我就沒命了。

「那個，我參加聯誼純粹是不可抗力，並非我個人意願……」

「是哪個女人的意願。給我從實招來!?」

「不，那是……」

「是啊，九重雪兔。你分明都有我了，沒必要迷上其他女人。」

「小睦原本有這麼『那個』嗎……」

「阿雪，為什麼你去聯誼前不先跟我說？」

所有人吵成一團，我真做了什麼壞事嗎？

我不過就是被澪小姐拜託參加聯誼而已，連一點虧心事都沒做！沒錯，妳們倒是說說我做了什麼壞事，少在那邊自說自話了！

「聯誼哪有什麼錯！我只是去參加聯誼，哪有什麼不對。」

「蛤？」

「對不起，是我錯了。」

好恐怖——！那是什麼眼神!?那眼神簡直就是在說「當心我〇掉你」了嘛!?

「就是這麼回事，我可倒楣了。」

「抱歉啊，雪兔同學。給你添了這麼多麻煩。」

「不，妳不必在意。澪小姐又沒做錯什麼。」

「雪兔同學，他們後來沒對你做什麼吧？」

「是，百真學長聯絡我說把他們好好教育一番了，相信事情應該是順利落幕了。」

「是嗎，那太好了！」

學生會室對我而言簡直是無從閃躲的持續傷害地獄。光是待在那個異常空間，HP就會逐漸被削減。還有，那麼多女性的甘美香味也弄得我暈頭轉向。我拖著疲憊不堪的身子前往指定的咖啡廳，澪小姐和特里斯蒂小姐已經在現場等我。

「真是不好意思，把你捲進這種奇怪的事情裡。」

「剛才我也說了，請不用介意。要是澪小姐有個萬一，我才真的後悔莫及。」
「我、我呢!?那我呢，雪兔同學？」
「特里斯蒂小姐沒事當然也讓我放心了。」
「呼嘿嘿。」
特里斯蒂小姐面紅耳赤地傻笑。澪小姐是我的恩人，而特里斯蒂小姐算是我的加害人。明明沒讓我受什麼傷，卻害她對自己引發的事故懊悔不已。我都說不在意了，特里斯蒂小姐依然如此自責，實在是讓我看不下去。
「不過雪兔同學，為什麼你要突然提出那場比賽？」
「這個嘛，當然是別有用心。」
「你本來是說因為被他們纏上嘛。」
「我早就打算跟其他學校打練習賽，碰巧他們就送上門了。還有就是，那幫人把澪小姐和特里斯蒂小姐說得好像物品一樣，該說我聽了有點不爽嗎……」
「所以是為了我們？」
「我只是感到不爽而已。」
「沒想到，你有這麼可愛的一面啊。」
「雪兔同學，呼嘿嘿……」
不知道為何傻笑的特里斯蒂小姐忽然開始對我摸來摸去。在滿街都是消毒酒精的當下，這人還如此密切接觸，未免太沒常識了吧!?我想歸想，卻放棄抵抗接受寵物般的待遇。我其實是玩賞用動物嗎？

當我說出口時，我才清楚察覺自己的情感。沒錯，我感到不爽。澪小姐早就講過他們是這樣看待女性，而事實擺在眼前時，我卻無法視而不見。

這場街籃比賽，讓我取回了一種感情。

當路人A他們開始搞小動作時，首當其衝受害的是火村學長。他們趁學長投籃時偷拉衣服害他跌倒。這很顯然是犯規，不過在場沒有正式裁判，只要裝傻不認帳就無可奈何。路人A他們不停賊笑，一眼就能看出他們接下來都打算這麼做。

頓時一股怒火衝上心頭。好久沒產生這種感覺了，我還以為自己早已失去這種感情，換做是國中時的我看到，說不定什麼想法都沒有。

國中時的我，純粹是為了自己利用籃球，其他人形同不存在。隊友、比賽結果，一切都無關緊要。

那現在又如何？我對籃球沒有丁點關心或眷戀。之所以再次打球，只是想改變自己，將丟失的事物一一取回。和那時不同，現在的我不是孤零零地打著籃球。

看到火村學長倒下時，我這麼想著。

你這混帳在幹什麼！

學長努力打球是為了向高宮學姊告白，要是學長受傷不能參加大賽，那一切就毀了。我就是這麼斷送了國中最後一場大賽，不希望他也發生同樣的事。

「總之就是這麼回事，一切都是我自作主張，妳們不必在意。」

「那可不行。」

「雪兔同學，能不能讓我補償你？」

「啊，我知道，接下來一定會發生麻煩事。」

在下，有不祥的預感是也。手機突然震動起來，是姊姊打來的，她是有監聽我嗎？我的人權究竟死哪去了……

「和我們一起出去玩吧。」

◇

「我光會扯大家後腿，什麼都做不到……我無法原諒自己，這樣下去，我無法保護涼音！這麼弱不可能向她告白，更重要的是，我想繼續和大家一同奮鬥！」

放學後，社團活動期間熱血學長低頭喪志。在街籃比賽中，先不論為小動作所苦仍有所表現的光喜，熱血學長就只是個拖油瓶，而其他成員也不遑多讓。

火村學長硬擠出的悲痛聲調，陳述著他的心境。

「九重，我想打得更好！我從沒這麼盼望過，我本想著能開心打球就好，不過光是開心打球已經無法滿足我了！」

「敏郎……」

高宮學姊憂心忡忡地看著熱血學長。要向學姊告白的事老早就被她聽見了，可是兩人似乎不在乎那點小事。

我看著他懊悔的模樣，醞釀情緒許久後，一臉凝重地開口說：

「——你，渴望力量嗎？」

「我想要！我想要足以帶領大家的力量，想做出成果讓涼音引以為榮！」

我一時興起說出了一生中前三想講的臺詞，熱血學長毫不猶豫地答覆了我，你可真配合啊。

正在我思索該如何是好時，忽然想起一件事。

我記得前些日子，爽朗型男似乎跟就讀籃球強校的國中學長碰面。不愧是卓越超群的嗨咖領袖，真是交遊廣闊。這能拿來利用一下！

「怎麼了，雪兔？看你表情似乎又在打歪主意了。」

「我看就趁機試試看吧。」

「試什麼？」

「武者修行。」

◆

「欸——只要窮極瑜伽就能吐火，甚至可以瞬間移動，這說法不過是以訛傳訛，千萬別信以為真。」

「是，老師。」

奇怪，我這經典搞笑梗竟然被人隨口打發了。我手腳都無法伸長，只想立刻用瞬間移動逃離這裡。

只可惜媽媽和冰見山小姐以期待眼神直盯向這，八成是不肯放過我。不要！別用那種眼神看我！

我們現在位於自家公寓隔壁的二十四小時營業健身俱樂部。媽媽為避免運動不足以及維持身材，平時都有上健身房，而最近由於工作，似乎空不出時間去運動。

最近她切換成居家工作，時間上有了餘裕，便再次開始運動。哦——是這樣啊。

所以她身材才這麼好啊！嗯哼，身為她的兒子真是感到驕傲。

至於為什麼我會在這呢？

你們聽我說，這其中並沒有什麼特別理由。

我從國中開始打籃球，過程中大致學習了保養肉體的方法。若要追本溯源的話，其實還有其他原因，我除了本來就有的重訓外，還因為從以前就經常受傷，在住院期間又閒來無事，於是把伸展運動、瑜伽、皮拉提斯之類的東西都學過一遍。

畢竟熟知人體基本構造，可說是靈活操縱身體的大前提。

人稱生於現代的解體新書就是我——九重雪兔。

因此媽媽拜託我做為講師陪同她去健身房，對我來說，並不存在拒絕的選項。能為媽媽這個一家棟梁做出貢獻，乃是我的榮幸。

不過，這件事卻存在一個陷阱，就是我們走到途中碰到了冰見山小姐，不知為何她竟然說想一起去。頓時間，不祥預感油然而生。

我從來不期待自己的直覺命中，我只是莫名想立即逃離現場。

我們在櫃檯付完錢進到健身房，裡頭靜悄悄的，沒其他人在。

問題是從更衣室走出來的兩人穿著。

她們說要去換韻律服時我就多少猜到了。

這樣穿真的不需要標上兒童不宜嗎？我看都有可能被標18禁了。

我揮去腦中邪念，思考兩人各自的健身內容。這裡到底是健身房，健身單車和滑輪下拉之類的健身器具應有盡有，這兩人應該不打算做重訓，那還是老老實實練瑜伽比較合適。

「媽媽多半是做文書工作，肩膀應該很痠吧？冰見山小姐想改善哪些身體問題嗎？」

「我第一次做這個，完全不懂，就交給你決定吧。」

「妳身體上有什麼困擾，或是覺得哪邊不舒服嗎？」

「這個嘛……我手腳容易冰冷，這有辦法改善嗎？」

「原來如此，那麼就先從打坐學習呼吸法開始好了，習慣了還能端正姿勢。照著我的動作做，這還有調整自律神經的作用，能有效助眠。」

我是瑜伽教練九重雪兔。我慢慢活化第三脈輪——太陽神經叢脈輪，並重點教導母親調整上半身，冰見山小姐調整下半身的姿勢，我先說明呼吸法的做法和效果後，接著講解姿勢。

「這個貓式對肩膀痠很有效的喵——」

我頭朝下呈現跪姿並穩住身體，這樣扭動身體做伸展，真的好像變成貓一樣。

「可能是胸部害的吧，我的肩膀好痠喔，能舒緩真是太好了。」

「哎呀，其實我也是呢。你說對吧，雪兔？」

「那個，美咲小姐，妳肩膀痠跟我兒子有什麼關係？」

「唔呼呼呼呼呼呼呼呼。」

「呵呵呵呵呵呵呵呵呵。」

那個，能拜託妳們快點做瑜伽嗎？光我一個人練很空虛喵。

「接著是駱駝式，一開始姿勢無法做到位也沒關係。這姿勢有恢復疲勞的效果，對鼠蹊部、腹部、大腿等下半身部位也有效，記得小心膝蓋。」

「這、這有點難啊……」

「一次一邊，慢慢做就好。沒錯，維持姿勢慢慢呼吸。」

「做這個，體型會有所變化嗎？」

「會啊，大概持續做三個月效果就會出來了。身體會變柔軟，還能改善腰痛跟膚質，持之以恆吧！」

「那你好好期待！」

「咦？」

瑜伽是為了改善自己身體做的，她是要我期待什麼？

冰見山小姐有點可怕，於是我看向媽媽。

「媽媽可能有點駝背，要不要做伸展脊椎的姿勢？我坐在這，妳的背部配合我。」

「我知道了，手放雪兔的膝蓋上？」

「對，我把手放在媽媽膝蓋上，接著身體朝手攏的方向扭動。」

「這樣感覺有點舒服呢，我喜歡這個姿勢，背部緊緊貼著很有安全感。」

「是嗎？」

這姿勢乍看之下只是背對背坐著而已，其實還挺累的。媽媽做沒多久就氣喘吁吁。

「雪兔，也跟我一起吧。」

「如果是一個人做的姿勢——」

「我想學能一起做的姿勢。」

她的笑容充滿壓迫感，先姑且不論媽媽，冰見山小姐跟我不過是外人啊。

我冷汗流個不停。

「妳現在穿著韻律服，直接碰身體有點……」

「我反對差別待遇！我們又沒做什麼見不得人的事，這只是在健身啊。」

「糟糕！沒想到這才是她的真正目的……」

「我只是純粹有興趣而已呀？」

一開始兩人相當認真學習，時間一久就開始較勁起來，最後演變成競爭。都晚上了兩人還這麼有精神，我倒是累積越來越多疲勞。

這根本不是我所知道的瑜伽！再練下去感覺真的會吐出火焰。

「我說過多少次了，前屈．後彎姿勢應該要背對背壓在別人身上——雖然我看不到，但妳根本沒背對我吧？為什麼有某種軟軟的東西壓在我背上⁉」

正常來說後彎的冰見山小姐，應該是背部壓在前屈的我身上，我的視線只能看到地板，根據背部的觸感，很顯然她是正面壓在我的背上。這樣做自然沒有效果，純粹是我覺得賺到而已。

「如何，舒服嗎？」

「這當然——不對，不是這個問題！」

「妳別捉弄我兒子！快讓開，這次輪到我靠上去了！」

「給我慢著，奇怪啊，我不是有仔細說明過嗎，為什麼妳們都忘記做法了？」

「那我要靠上去了。嘿——！」

「奴哦哦哦哦哦！媽、媽媽好像變得有點重啊。太好了，要是太瘦對身體不好，有個數值叫做ＢＭＩ，是用來算出適當體重的——」

「變、變、變重……」

體重增加不見得是壞事，對於瘦過頭的人而言，變胖其實象徵變健康了。

說到底的，日本人的肥胖率本來就是世界前幾低，亞洲國家整體上都偏低，跟肥滿大國美國相比幾乎差了十倍。

「我懂了！最近媽媽都固定時間在家好好吃晚餐，所以因此變健康了！」

「為什麼、為什麼這孩子到現在才進入叛逆期!?」

「呵呵，雪兔，不能說這種話喔。這話對女性來說是禁忌，即使是事實也一樣。」

「哎呀？妳剛才是不是說了什麼我沒辦法當沒聽見的話？」

「我現在的視線什麼都看不到，不過背後這股不祥的氣場究竟是……？還有，能從我背上離開了嗎？」

「好了，太重的櫻花小姐先讓開吧，換我了。」

「什麼時候變成輪替制度了!?」

「不行！他是我的！」

「妳們有在聽我說話嗎？」

隔著韻律服的觸感實在太棒了，但我是絕對不會說出口的。

我只會默默享受。

之後我仍被夾在較勁的兩人之間，離開健身房時，我的體力已經扣到紅血。

想發出超必殺技卻發不出來，媽媽一臉愧疚地對我道歉。

「對不起喔？我太開心，忍不住玩了起來。」

看來她似乎還是有反省。媽媽跟冰見山小姐實在是太不對盤了，簡直就是一加一等於兩百，足足差了十倍呀十倍，害得我都累垮了。

我跟媽媽與冰見山小姐道別後，正打算回家時卻因運動完肚子餓了，於是繞到家庭餐廳，反正我們確實是家人，應該沒問題。

畢竟吃過晚餐，於是我們只點了薯條之類的輕食。

「不認真練就不會有成效喔。」

「下、下次我會認真練啦，你會陪我一起去嗎？」

「行是行啦……」

「要不要吃百匯，你喜歡甜食對吧？」

「咦，媽媽知道喔？」

我確實喜歡甜食，這件事從沒告訴過任何人。

之所以反問，是基於純粹的疑惑，這問題似乎令媽媽深受打擊，倒抽了一口氣。

「……這點事我當然知道。不過，我也只知道這點事，我真是個沒用的媽媽。」

她低頭露出寂寞笑容。

「我沒這麼講，妳不用介意。」

「——所以，拜託你告訴我。講什麼事都好，學校的事、喜歡的事，不論有多細微也沒關係。我想更加瞭解你。」

她的神情認真到令我感到恐懼，我躊躇半刻，不知道該告訴她什麼。

我努力尋找話題，卻想不出些什麼。小時候，我似乎有許多話想跟她講，有許多話想問她。

不過，我到底想講什麼，我完全記不起內容。好像都是些沒營養的小事。那些東西不值一提，完全沒有意義。

當時的我，究竟想告訴媽媽什麼事？

我到底想問媽媽什麼事？到底想和她怎樣的對話？

當時我有那麼多話想跟她講，如今，什麼都沒有，真的是什麼都想不到。學校的事、喜歡的事、細微的事？

她所提出的這些話題，都不存在必須告訴她的事。

這些話題裡不可能有值得一提的內容。

裡頭有的，只有不希望令她操心的想法。

「為什麼現在才——不，沒事，妳不用勉強自己。啊、東西來了，快吃吧。」

我把險些脫口而出的話語吞回，表現得一如既往，並相信這麼做才是正確答案。

我絕不能讓辛苦工作的媽媽為我煩心。

至今我總是給她添麻煩，現在這樣就夠幸福了，我默默提醒自己，要懂得知足謙虛才對，進一步追求幸福是貪婪的行為，我能做到的就只有心存感激。

媽媽剛才還展露笑容，現在表情卻蒙上一層陰霾。

我應該是選了正確答案才對，結果卻是如此？

太丟人了，我實在是有愧於她。

我感到一陣鈍痛，這種感覺，就好像是進入夢境一般，毫無真實感。
這肯定是一場朦朧幻想，彷彿有人這麼告訴我。

◇

我討厭梅雨季，撐傘實在麻煩，而且穿高跟鞋會弄溼腳。
望向窗外，雨沙沙落下，勢頭不見衰退。
在這天氣，我總會回想起很久以前的往事。
那一年，動物園開園五十週年舉辦紀念活動引發熱議。
「好像很好玩耶，要不要去？」
「好。」
他微微點頭回答。這件事明明令我感到非常開心，我卻被工作追趕，一時忘記了。我以為隨時都去得成，於是把它擱在腦中一隅。
「欸，什麼時候要去？都要結束了耶。難得那孩子那麼期待。」
「咦？」
「真是夠了，妳不會忘了吧？」
悠璃這麼一問，我才急忙確認。我不知道紀念活動只在限定期間舉辦，我們都約好了，這實在無法用不知道推託過去。

活動已經辦了一個多月，聽說那孩子還翻閱動物圖鑑調查生態，做足行前準備。要是你們早點提醒我——我不可能對孩子說出這種洩氣話，他們是看我忙才刻意不提的。

一看日曆，活動最終日正好是假日。我才鬆了口氣，心想勉強趕上了，這樣就不會食言而肥。事情本該是如此——

「怎麼會……」

當天從早便下著傾盆大雨，雨勢不斷加劇，連去趟便利商店都寸步難行。我看天氣預報時就感到不安，沒想到預感命中了。

最後動物園休園，活動就這麼結束。

一早，那孩子就一語不發，靜靜地望向窗外。

他那小小的心靈裡，究竟掀起了怎樣的波瀾？

我怕得不敢去問，此般失態，實在沒法用無可奈何帶過。

要是我仔細確認時程訂好計畫，就不至於演變成這種結果。

這件事之後，不論我邀他去哪，他就從沒點頭過。

「他只是鬧脾氣。」之所以能說出這種話，是因為有一點一滴累積起的家族情誼。就算發生了一兩次的遺憾，只要能建立起超越遺憾的快樂回憶，家族就不至於崩壞。

可是，我和那孩子之間什麼都沒有。

那次之後，我變得經常只和悠璃兩人出門。即使邀請那孩子，他也會理所當然地選擇看家，硬是拉他出門，他也從沒感到開心，只會道歉說：「媽媽這麼忙，太不好意思了。」

我想也是，對那孩子而言，和我一起出門是件痛苦的事。

小孩子其實非常敏銳，他們會仔細觀察大人，如果對方不願意聽，他們寧可什麼也不說；如果對方不守約定，他們就不會信任。

我不喜歡把陪伴家人這話掛在嘴邊，若表現得像是義務陪伴，那小孩馬上會察覺這是在獻殷勤，最後我連拿陪伴家人當藉口都做不到了。

時光不斷流逝，我依舊無法補償他們，過得越久，我就越難與他們再次建立關係。據說小孩成長的時間，與他們長大成人後的體感時間是相同的。

我沒給那孩子創造任何快樂的回憶，豈止如此，我還讓他背負了許多慘痛的記憶。

我鉅細靡遺且一而再地刺傷了那孩子的心。

「沒資格當母親。即使被悠璃這麼講，我也無從反駁……」

我低頭碎念，內心茫然陷入不安，甚至在想自己是否該待在這。

久違的同學會與外頭陰鬱的天氣正好相反，現場氣氛正熱烈。

我稍微喝了點酒，身體便燥熱起來，與老朋友們聊著學生時期的回憶非常開心。

我們為彼此近況感到訝異、喜悅、悲傷，大家畢業後各奔前程，走出千差萬別的人生軌跡。

大家聊著聊著，便自然分成了已婚組和未婚組。

未婚組有人發表單身宣言，也有人正處於婚活，畢竟在這與舊友重逢，難保未來會發展成交往也說不定。離了婚的我，好像哪都沒有容身之處，最後默默離開人群。

「惠妳怎麼了？不喝酒嗎？」

我開心地向靜靜地待在角落的惠搭話。

「櫻花？嗯，我喝茶就夠了，我不想讓晴彥擔心。」

「咦，惠的戀人有管這麼嚴嗎？」

「不是啦，他叫我玩得開心點，是我自己決定只有和晴彥在一起時才會喝酒。」

「晴彥先生是妳那時交的男朋友嘛？」

「是啊，是我最珍惜的人。」

惠咧嘴一笑，證明自己正站在幸福頂端。

惠上大學時被第一次交往的男朋友狠狠背叛，好一段時間無法相信男人，甚至還自殺未遂。我們也拚命地鼓勵她，聽說這段期間陪伴在她身邊的，就是她現在的戀人，如今她終於決定要和對方結婚了。

「我已經決定，那怕是多小的事，都絕對不要讓他為我操心，這麼做才能回報他的獻身。」

仔細想想，自同學會開始後，惠就沒有和男性獨處說過話，至少會找一位同性朋友陪伴，原來她做得這麼徹底。

我驟然驚覺，同學會上異性同學主動示好，自己竟然樂得飄飄然，我明明沒那個意思，但表現得有機可乘仍是事實。

「妳對他沒什麼不滿嗎？」

我多少感到內疚，便提了個壞心眼的問題。

「怎麼可能有，就算有，也只會是小到不行的事，只要和晴彥兩人好好溝通就能處理。我啊，不論他在不在場，都不想說他的壞話，我不會覺得他沒聽到就算了，我要是說他壞話，肯定無法在他面前再次歡笑。」

真不可思議，過去看似轉瞬即逝的惠……如今卻表現得比任何人都來得堅強。

她的身影令我想起悠璃，她們倆的共通之處，而我卻沒有。

我猶如被當頭潑了冷水，一口氣醒了酒，也忽然感到得意忘形的自己，是多麼羞恥且可悲的存在。

心中悲嘆、糾葛險些從口中溢出，我急忙吞了下去。

為什麼我到現在才察覺！自己從那天起就毫無長進，重複著相同的失敗，怪不得悠璃如此厭惡我。

悠璃早就看穿了我的天真，她知道我總是半吊子，沒有覺悟去面對。

「櫻花有珍惜的人嗎？」

「孩子們吧。」

唯有這件事我絕不退讓。我理解了惠想表達的意思，要是現在，我對惠這提問有片刻遲疑，我恐怕會再也無法振作。

「那就告訴他們吧，說妳很珍惜他們，把他們當成心肝寶貝。光用想的不夠，若不用語言、態度去傳達給他們知道，是無法建立起信任的。」

我把孩子們看得比任何事物都還重要，不過那只是心中想法，我的話語、態度、行動，一切都否定了那個想法，最後害得那孩子，雪兔遍體鱗傷。

即使事到如今才突然打算面對那孩子，這十六年來堆積起的負面信用，也會令我窒礙難行。我終於察覺，自己不可能和悠璃採取同樣的方法，我們的起跑線有著決定性差異，我甚至還差了她一大截。

我望向周遭，與惠感情較好的幾人以溫柔眼神看向這邊。

「惠，妳變成一個好女人呢。」

「那都多虧了大家不斷鼓勵我啊。」

「啊——啊，我回去後也久違地挑逗老公好了。」

「我這邊的剛才也傳訊息過來，出門時還裝作漫不經心的樣子，也未免太可愛了。」

我們以惠為中心愉快談天說地，沒人像剛才那樣傾出心中不平，反而開始放閃。

「這樣啊，惠妳說得對，我也得好好努力。」

我跟大家打過招呼就提前離席，好想早點見到他。

我急忙招了輛計程車，即使被雨打溼也不在乎。

被烙上沒資格當母親印記的我，決定將這十六年奪回。

◆

可憎的記憶，不願想起的罪過紀錄。
「走吧，雪雪繼續待在這種地方，會被殺死的。」
「——好。」
兒子握住雪華的手，而不是我的。我深受打擊，腦中一片空白，當場坐倒在地。悠璃一語不發，因為一切就跟雪華說的一樣。
我想呼喊卻聲音嘶啞，不要，不要帶走他！我拚命伸出手，兒子卻連頭也不回，
「為……什麼……」
原來，他放棄了我。這沉重事實壓得我喘不過氣，只能低頭嗚咽。他那小小的背影，否定了我。
「為什麼姊姊——！」
雪華激動地指責我，在一旁的兒子微微搖頭制止，她悲傷地凝視著兒子，將那口怒氣嚥下。
妹妹的眼神充滿敵意，說不定她再也不會讓我見到孩子，但我卻杵在原地，一步也動彈不得。

「再見。」

——未來一個月裡，我們都沒有見面。

「怎麼了，媽媽？發生什麼事？」

「稍微讓我維持這樣。」

我回想起孩子出生時，那隻小手，緊緊抓住我的指頭。

當時，我絕對是全世界最幸福的人，我對此深信不疑。我絕不會放開這份幸福，我曾發誓過要當個好母親。

當時的一切都是初次體驗，但每一天都過得開心又幸福。我學習育兒，向人打聽各種經驗談並實踐。

然而，為什麼我會忘了。我心中產生無限懊悔，照顧悠璃時我分明就記得，我應該也要對這孩子這麼做啊。

只要擁抱就會感到安心，並分泌出名為催產素的愛情荷爾蒙，這些我分明都知道。

這孩子給了我幸福，而我又給了他什麼？我早早就給他改喝牛奶，跟悠璃相比，我甚至可說是幾乎沒抱過他，為悠璃做過了，所以不用為這孩子做，這根本就說不過去呀。

我緊緊抱住兒子溫暖的身體，他現在待在我眼前，幾乎算得上是奇蹟了。悠璃動不動就與他互動，也是因為害怕再次失去他，才想感受這孩子還活著的事實。

雪兔眼睛瞪大，一臉不可思議，他會吃驚也沒辦法。

我突然從同學會回來，卻淋成落湯雞，絲襪破洞，連高跟鞋鞋跟也斷了。誰叫我一把年紀了，還硬是拚死拚活地跑回家。

被這副模樣的母親突然抱住，肯定會感到擔心。

從那天起，我就害怕兒子，我怕他把話說得明明白白，說不需要我這種母親，說他最討厭我。

到現在，我偶爾做惡夢時也會回想起，那一天，我所犯下的致命過錯。

我必須追趕他，不論多麼難堪地死纏爛打，我都要傳達並證明給那孩子看，我不能沒有他。

當我以為雪兔放棄我時，他看向沒有挽留的我，他肯定認為自己被拋棄了，我們再次錯身而過，多麼地殘酷、多麼地可笑。

那時雪華八成發自內心鄙視我。

之後我仍沒學乖，犯下無數次相同過錯。

某一年教學參觀，當天有一場重要會議，實在無法前往參加。所以我拜託雪華代為參加，因為我不希望他感到寂寞。

會議意外地順利結束，某位男性客戶邀請我吃飯，偏偏我受邀前往時，正好被雪華瞧見，我卻渾然不知。

我沒做任何虧心事，那不過是工作應酬。

即使如此，從雪華角度來看，我那樣子簡直是拿工作當藉口，找她去參加小孩的教學參觀後，自己卻悠哉跑去跟男人吃飯享樂。

打從那次以來，我就再也沒參加過雪兔的教學參觀，雪華說什麼都不准我參加。

我不斷犯錯，會失去信任也是理所當然。

「對不起，我沒有當個稱職的母親。」

「妳做得已經很夠了。」

「拜託……再給我一次機會。」

「我沒有那種權限就是了……」

自己的說詞簡直像個外遇被抓的女人，實在令人討厭。

「我這樣根本是個毒親（註2）……我是個不夠成熟的母親，還絲毫沒有長進。」

「什麼意思？妳先趕快去洗澡換衣服啦，當心感冒。」

「我想要重新當你的媽媽。」

「嗯？」

「我們一起洗澡吧。」

「嗯嗯？」

註2 指對小孩造成負面影響的家長。

「我非常珍惜你，你比任何人、任何事物都還重要，所以——」

我雙手捧著兒子臉頰靠近一看，兒子的五官不只長得可愛，曾幾何時，還變得凜然俊俏。他的睫毛修長，瞳孔彷彿將人吸入其中，我不禁心跳加速，慢慢受他吸引。

「媽媽妳怎麼了？怎麼臉越靠越——嗯——嗯——嗯⁉」

◇

媽媽跟姊姊果然是母女啊（翻白眼）。

我有了一個無法說出口的體驗。帶進墳墓的祕密，大概就是指這檔事吧。發生了什麼？還請任君想像。

昨晚，媽媽從同學會回來後，也不知道在想些什麼，劈頭就說想重新當我媽媽。重當媽媽是什麼意思？媽媽是能重當的東西嗎？

說到底，母親這東西是後天成就的第二職業，與副職業無異。就我和姊姊的角度來看，媽媽就是媽媽，而對媽媽的同學來說，她就是九重櫻花。我本以為媽媽在同學會上不必在乎自己的母親身分，能夠好好放鬆舒壓，誰知道她一回家就給我個要重當媽媽的神祕驚喜，我看這懸案是解不開了。

「哎呀，那是？」

星期天，我在武者修行的回家路上，看到了出乎意料的東西。

有道是吃了這東西能祛除邪氣、長生不老，也怪不得它經常在遊戲裡以神酒這恢復道具的名義登場。正如同桃花源這個名詞，自古以來桃子就被視為神聖的水果，而我正手持桃子不知所措。

我想說順手買來當土產，只可惜這是錯誤決定。

「買太多了……」

本來桃子產季是在夏天，可是「早生」這個收穫時期較早的品種，會在這時期出現在市面上，而相反的品種則叫「晚生」。我看到農家大叔在擺攤賣桃子，便忍不住買了下來，不過我一不小心聽大叔聊起自己身世，他心情好就多送了我幾顆。也未免太多了吧，我們家才三個人耶。

「哎呀，你好。」

「如果是要推銷就免了。」

我和緩走在車道時被人搭話，一回頭看到的不是推銷員，而是跨坐在機車上，戴著全罩式安全帽，身穿連身皮衣的女性。

「啊，是女盜賊的話也免了。」

「才不是呢，是我啦雪兔。」

安全帽鏡片底下的瞳孔散發出詭異光芒，身穿連身皮衣的女性取下安全帽，竟是意想不到的人物。

「冰見山小姐？」

「雪兔真是過分，竟然說我是小偷。」

大腦拒絕承認眼前所見的景象，這和冰見山小姐那溫和大姊姊的形象相去甚遠，那裝扮怎麼看都像是某個神出鬼沒的女盜賊。

「妳會騎機車啊。」

我以不冒犯人的臺詞來掩飾內心動搖。

「這也稱不上是興趣，我從以前就喜歡機車，而且車子沒那麼靈活輕巧，開起來不太方便。」

沒想到冰見山小姐有如此令人意外的一面，冰見山小姐和我的關係算是筆友，也不知為何，聊天次數竟然比爽朗型男還多。

「啊，對了！下次雪兔要不要讓我載？我會準備你的安全帽。好期待喔，我一直很嚮往兩人一起兜風呢。」

「奇怪，為何我只感到不安？」

是因為日照的關係嗎？為什麼背部冷汗流個不停。

「你想直接貼到我身上也可以喔。」

「妳果然是女盜賊嘛！」

假如是某職業女盜賊，肯定會及時閃避，但換做是冰見山小姐，只怕會真讓我整個人貼上去。到時我得和她一同步上白色禮堂以示負責了。

「先不說這個了，雪兔你手上那些是怎麼回事啊？看起來好重……」

「啊，對了。冰見山小姐也要吃嗎？我買太多了。」

「可以嗎？那要不要現在來我家？我們一塊切來吃吧。」

這裡離家很近，冰見山小姐下了機車，打算牽車回去。

糟了！我一時大意，這下又會自然而然被拉進冰見山小姐家裡，那個伏魔殿對我來說危機重重，沒辦法，我只能違背信念說謊來脫離這個困境！

「冰見山小姐不好意思，我晚點沒有事。」

「好耶，那真是太棒了！今天運氣真好。」

笨蛋笨蛋笨蛋！我這個誠實的笨蛋！

「剛才我去見我哥哥。」

「兄妹感情真好呢。」

冰見山小姐切桃子期間，說起今天發生的事，我還是第一次聽說她有個哥哥，就我而論，兄弟姊妹間只要別反目成仇就算很好了。

「我們感情算普通吧，幾年沒見了，聽說他快結婚，我們這麼久沒見，只是為了聽他報告這件事。」

「恭喜他了。」

我老實獻上祝福。對方到底是個從未謀面的外人，說實話我聽了也沒啥感覺，不過既然是冰見山小姐的哥哥，那絕對是位美男子。

「他平時很忙，若不是為了報告結婚，我們甚至沒時間好好聊。」

「他做什麼工作呢？」

「這個嘛，算是公務員吧，我們家裡從祖父、父母到哥哥都很優秀喔？除了我以外。」

「才沒這種事。」

「不，就只有我停滯不前，都已經好幾年了……」

這句自嘲的話語中，夾雜了放棄的意念。

「這樣講我也是啊。我媽媽姊姊都很優秀，就只有我無能。」

「才、才沒有呢！你無論何時都是那麼努力。」

冰見山小姐慌慌張張地跑來安慰我。

努力，這個詞彙，並不一定代表正向評價。

無論多麼努力練習籃球，沒辦法下場比賽就沒意義，背叛了眾人期待，即使被當成戰犯也是無可奈何。

努力念書也是如此，那不過是為了彌補成績單上慘不忍睹的操行成績而已，如果有學生成績和我相同，那不論怎麼想，校方都不可能會錄取我。

努力並不存在正向意義，我努力總是為了填補負面因素，雖不清楚這麼做到底有沒有用，但不這麼做就無法生存。

就戀愛而論，說不定亦是如此，若不彌補負面要素，甚至會連談戀愛的資格都沒有。

我曾經抱持憧憬，最後厭倦與他人有所交集，所以我才想當個邊緣人，冰見山小姐也是一樣嗎？

為什麼她總是那麼在乎我？

即使只是同氣相求，我仍對那令人質疑的溫柔尋求理由。

「對不起喔，聊這麼無聊的話題，來，我切好了。」

難不成，我過去和冰見山小姐見過面嗎？

事到如今才浮現這個疑問，我卻裝作沒有察覺。

打從第一次見面她對我的親密度就爆表了，即使是我都會覺得不對勁。

我就不懂了，若是我們認識，為何冰見山小姐要裝作是初次見面，還絕口不提此事。

所以我不打算碰這話題，反正也想不起來，若冰見山小姐想當作是初次見面，那麼這或許是最適合我們的距離。

我想不起來，還是不願想起？說不定我忘記的一部分過去，與冰見山小姐有所關聯。

難過的回憶，就必須忘記、抹滅，甚至根本不應該擁有。所以我到現在，都記不得種種事情。

努力，說得可真對，我光是活在當下就得竭盡全力。

我沒有餘力回首過去，也無法期盼未來。
所以我想，我們倆會永遠佯裝互不認識。
——並謊稱這是唯一的正確答案。

「好好吃喔，我真的能收下這麼多顆嗎？」
「當然，這些算是多拿到的特別獎勵。」
我專心一意吃著桃子，而旁邊那對桃子不論多誘人都絕不能吃。
加油啊九重雪兔——！要向狗狗看齊，沒說開動前都不准輕舉妄動——
「那個……仙桃……」
「仙桃？你是說仙人吃的那種桃子嗎？我覺得這應該只是普通的桃子……雪兔你怎麼了，為什麼滿頭大汗的？」
在這人人都衣服單薄的季節，她還將身體貼過來，她的仙桃……更正，前端的觸感都直接傳到手臂上了，害我緊張得食之無味。
「我只是覺得這桃子真不檢點。」
這冰見山小姐到底是有何居心，連覺醒道具都沒用，她的好感度就已經突破上限了，就怕再過一陣子她會邀我加入宗教。
「是說雪兔喜歡晚生的桃子嗎？」
「只要是桃子我都喜歡。」

「太好了，即使是熟透的桃子你也喜歡，我以為大家都喜歡年輕點的。」
「什麼、竟然是巧妙的誘導性提問!?」
總覺得手臂感受到的桃子壓力又更上一層。
「你想吃隨時都可以喔。」
「那個，我已經吃飽了。」
怪哉，都還沒吃晚餐，怎麼已經飽了？
「真可惜，反正之後還有機會——畢竟我們又重逢了。」
與臉上笑容相反，她的聲調聽來相當寂寞。

「那個……仙桃……」
晚餐後，我又在自家客廳吃起桃子。
「仙桃？不懂你在說什麼，這不就是普通桃子嗎？」
「雖然離產季還早，不過又甜又好吃呢，謝謝。」
我坐在沙發上，而洗好澡的媽媽和姊姊一左一右的服侍我。
在這人人都衣服單薄的季節，兩人還將身體貼過來，她們的仙桃……更正，前端的觸感都直接傳到手臂上了，害我緊張得食之無味。
所以這桃子到底好不好吃呀!?我到現在都吃不出味道。
這幾人彷彿是串通好一般，再次重現了幾小時前的情境。

哈哈——我懂了，妳們是聯手想整我是吧？妳們幾個肯定趁我不在時，偷偷講好要這麼欺負我。我竟然著了妳們的道。

「那個……能否勞煩妳們處理一下那不檢點的桃子嗎？」

「什麼意思？」

「你在說什麼呀？」

這兩個邪門歪道還敢裝傻，我終於理智斷線，猛然起身大喊：

「妳們若是這麼打算，那我就真像冰見山小姐講的那樣美美地享用一番喔！我現在可是餓壞了！」

「為什麼會扯到那女人？」

「什麼意思？你跟美咲小姐做了什麼？」

「啊。」

這就叫禍從口出，一不小心激起了她們的競爭意識。

「要吃就選我吧，我和那些大嬸不同，正值美味的時刻。」

「還沒熟透的不夠甜，千萬不能吃喔。」

「那個，兩位別把我剛才那句當真……」

奇怪？怎麼跟我想像的反應不同？

「我來檢查你有沒有吃壞肚子。」

「所以你是真的享用了？」

我都沒好好嘗過桃子的味道就被帶往寢室。

咦，你們問後來？總之就是禍從口出，詳情便不多贅述了。

◇

「這實在很難以啟齒，您知道這是我房間吧？」

「知道啊。」

「還說得如此理直氣壯，痛快。」

「謝謝誇獎。」

「我並沒有在稱讚妳就是了……」

也不知為何，今天姊姊洗完澡又跑來我房間悠悠哉哉地休息。

臉色紅潤的她看起來莫名豔麗，她似乎不是搞錯房間。

她就這麼大大方方走了進來，反倒害我一瞬間懷疑是自己走錯房間，看來不是我有所失常。

姊姊對我實在是保護過了頭，甚至有把我當成三歲小孩的傾向。

這或許是過去發生了不少事情所致，即使是如此，我也難以容忍這般暴行，姊姊俯臥在床，屁股頓時進入視線，我只好急忙看向別處。

就算她是親姊姊，也是一位女性。可惡的魅魔！妳是為了使我心生動搖才穿得如此單薄嗎！還有為什麼要穿熱褲啊，可惡！

「對了，我的胸部又變大了。」

「這個女性限定的話題沒有我介入的餘地才對。」

「得買新的胸罩了，晚點幫我量。」

「Why⁉」

我不禁做出了外國人抓狂時的反應，妳叫我幫忙量胸圍⁉姊姊的蠻橫永無止境地增長。聽起來就像輕小說標題。姊姊的煞車是被人破壞了還怎樣，有辦法報修嗎？拜託早點幫她裝上自動駕駛好不好。

「姑且，姑且問一下給我當作參考，請問您現在是什麼罩杯？」

「F。不過最近感覺有點緊，說不定變G罩杯了，開心吧？」

「哪裡有值得我開心的要素？」

「你好好期待吧。」

「好耶——」

我的眼神徹底死去，看起來八成像條死魚，現在肯定連魚群探測儀都找不到我。

「我說你，沒有偷藏什麼色色的書嗎？這房間什麼都沒有嘛。」

「連言行都變成魅魔了。」

「蛤？信不信我吸你。」

「吸什麼⁉」

我像隻被天敵狠瞪的倉鼠般瑟瑟發抖，此時電話響了起來。

不是手機，而是市內電話，現在這年頭會打市內電話的人反而少見，是內閣支持率的市調電話嗎？

「我接。」

我溜出魅魔魔掌走向客廳，先確認一下是誰，這號碼沒見過。

「你好，九重公館。」

『啊，我是，主任——不對，我是櫻花小姐的同事，現在方便講電話嗎？』

「怎麼了嗎？我聽說她今天辦酒會。」

『呃，你是雪兔嗎？那個啊，主任說希望你去車站接她，可以嗎？』

「媽媽？搭計程車不行嗎？」

『嗯——我也是這麼想，不過主任說希望你來接她，她整個醉倒了。我勉強把她帶出店裡，讓她獨自回去太危險，拜託你帶她回家吧。』

「是這樣啊，明白了，我馬上就過去。」

『嗯，我在這等你。』

媽媽會喝到爛醉可真難得，應該說我從沒聽說她喝醉過。

她本來就不是會積極參加酒會的人，最近多數上班族都切換成居家工作，與同事間的交流銳減。也因為如此，我才從媽媽那得知這場酒會是特別舉辦的。

話說回來，會指定我去接她還真是叫人意外，我以為媽媽一定會招計程車回家……

算了，想再多也沒用，我和姊姊說了一聲，就換套衣服走往車站。

「不好意思，讓妳久等了。」

「你就是雪兔？初次見面，我是主任的下屬，叫做柊遙。」

我一到車站，就看到兩人坐在離約定地點有點距離的地方等。看起來媽媽真的是醉倒了，她工作時總是有條有理的，難得看到她變成這副模樣。

空氣中微微飄來一點酒味，看來柊小姐並沒有喝太多。

就五官來看，她年紀遠比媽媽來得小，十分年輕，說看起來像大學生也不為過。

「謝謝妳把她帶到這。」

「啊，你別介意！這畢竟是主任的請託。還有，我有點事想跟雪兔說。」

「跟我？」

我們稍微遠離媽媽坐的板凳，是什麼不能被她聽到的話嗎？我看現在的媽媽，應該是沒空管那些才對……

「平常主任都不會喝醉，今天她似乎心情特別好，才一不小心喝得太多。」

「是這樣嗎？」

「她說跟雪兔感情變好，讓她非常開心。」

「我們沒特別吵架啊。」

「嗯——詳情我也不清楚，她似乎很煩惱就是了。」

柊小姐說著，眼神瞬間變得尖銳。

「然後啊，我有話想告訴雪兔你。」

「什麼事？」

「主任……櫻花小姐是位美女對吧。」

「是啊，連我這個兒子看了也這麼想。」

媽媽是美女這件事，我再清楚不過了，她的身材完全沒有走樣，外貌也依舊年輕。而且她最近不知心境產生何種變化，居然跟姊姊一樣，肢體接觸變得越來越激烈，害我這青春期的小處男，得無時無刻揮去心中雜念，簡直折騰人。

「所以啊，主任在公司也很受歡迎。」

「是這樣啊。」

「像今天主任難得喝醉，臭男人就紛紛湧過來，真的是很辛苦呢。」

「給妳添麻煩了。」

「那倒是還好，我換個說法吧。這話題雪兔可能不太想聽，其實很多人看上主任。」

「呃，意思是想和她再婚嗎？如果媽媽有意再婚，我是不會反對啦，我想姊姊八成也是這麼想吧。」

「如果是認真想和她交往那還好，問題是他們只看上身體。」

「妳的意思是……」

「他們想對喝醉的主任性騷擾，甚至是把她帶上床，這只能怪主任長得太漂亮了。」

「聽起來真叫人感到不快啊。」

「對吧？所以你要好好保護她喔！」

「我嗎？」

「她平常總是一板一眼的所以沒問題，我是指之後說不定還會發生今天這種狀況。主任肯定只依賴你一個人。」

「我剛才也說過了，如果媽媽打算再婚我是不會反對。不過，只看上她身體的傢伙就免談了。」

「嗯——我想她應該沒那打算喔？」

「是嗎？」

媽媽是個美女，在公司有異性緣也是理所當然，我一直認為媽媽可能會再婚，也沒有反對的意思。只是我沒想到聽到的話題不是關於再婚，而是有人只想跟媽媽上床……

「主任總是關心你的事，她那表情怎麼看都像——呃，我還是別多嘴好了。總之你要好好盯住主任喔！就這樣，我也回家了。」

柊小姐輕描淡寫地投下震撼彈後就回去了，她最後到底想說什麼啊，再怎麼介意她那意味深長的說詞，想不透的事就是想不透。

我的視線轉回母親身上，她用著飄飄然且幸福的眼神看著我。

「好了，回去吧。」

「對不起喔，給你添麻煩了。」

「這點小事沒差啦。」

我肩膀借她靠，回家路上只有我們倆。車站離家裡不遠，我本想叫計程車卻被媽媽阻止了，她似乎想用走的回去。

是為了健康著想嗎？維持身材可真辛苦。

「你剛才跟柊說了些什麼？她不會向你告白吧!?竟然是跟我下屬，媽、媽媽可不會允許喔！」

「哪有人初次見面就告白的。」

「這種事沒人說得準啊，況且你還有魅惑的魔眼。」

「這我還是第一次聽說!?我才沒那玩意，況且那種魔眼，肯定會害大家不幸吧。」

「那為什麼你會那麼有女人緣？」

「可能因為我是媽媽的孩子吧。」

「咦？這、這樣啊，是因為我啊……」

「因為媽媽很有異性緣不是嗎？」

「我都年紀一大把了，才沒這種事。」

「柊小姐說妳被臭男人們看上，害她可辛苦了。」

「啊哈哈……這樣啊。還讓她幫忙，真是不好意思。今天我一不小心喝多了，平常明明不會喝成這樣，會在這種時候趁虛而入的傢伙，到頭來根本不挑對象的。」

「如果媽媽打算再婚我是不會反對，不過拜託別挑那種人。」

「我也討厭那種只想找炮友的人啊，而且我才不會再婚呢。」

「為什麼？」

「我有雪兔了啊。」

「這算什麼說明。」

「沒關係，我現在這樣就夠幸福了。」

「慢著，不要亂動啦，某個軟軟的東西會碰到！」

「我故意的。」

媽媽露出調皮的笑容靠了過來。

她過去從沒這麼對待我，害我緊張到極點，都已經晚上了，氣溫還這麼高，熱得我不停飆汗，也可能是冒冷汗就是了，真想早點回去洗澡。

「對了，回去我們一起洗澡吧。」

「Why !?」

我再次做出外國人抓狂時的反應，真希望這反應別這麼容易出現。

媽媽也跟姊姊一樣過度保護，我都幾歲了，哪需要跟母親一起洗澡，就說我不是三歲小孩了。

對了，想辦法改變話題……

「啊，聽說姊姊，胸部好像又變大了。」

「哎呀，是這樣嗎？」

「她說是G罩杯。」

「哼，我贏了。我是H。」

「這的確是極具衝擊性的告白，但有必要較勁嗎？」

「晚點洗澡時再給你看，要摸也行喔。」

「完了！話題完全沒有改變⁉」

媽媽的聲調忽然變得低落，她苦苦擠出聲音說：

「——拜託，我希望你摸摸看。」

「媽媽？」

「對不起……對不起。不過，因為你太溫柔，溫柔過頭了！」

我撫摸她的背部，讓她冷靜下來。

「前陣子，我接受乳癌檢查，說有可能是惡性……非得接受精密檢查才行。」

媽媽的話十分震撼，這麼說來，前陣子她看起來非常煎熬，或許就是因為得知了檢查檢果。

我感到媽媽身體瑟瑟發抖。

「其實，我沒打算要把這件事告訴你們，我不想害你們操心。可是我做不到，我太脆弱了。求求你，陪我一起去醫院，只要有你在，不論發生什麼我都不會怕，拜託你給我勇氣。」

媽媽眼睛通紅，低頭哀求。而我的答案只有一個。

「當然好，我們一起去吧。」

「我好怕！我好怕啊雪兔！」

媽媽依偎在我懷裡哭泣，她的情緒不穩，並不是因為喝了酒。

她獨自背負著這件事，無法對人訴苦，也無法示弱。

我詛咒神明，我才是該受苦的那個人，為什麼不衝著我來。

我苛責自己的無能為力，為什麼我能做的只有把胸膛借給她靠。

媽媽之所以會依賴我，是因為她認同我是家族的一員嗎？

是不是都無所謂，只要能讓媽媽好過些，有什麼能幫忙的事，我都願意去做。

——因為她是我最珍惜的家人。

將近十分鐘，媽媽的淚水都沒止住。

「我都這個歲數了，果然還是得定期自我檢測，你也幫我確認一下，摸摸看胸部有沒有腫瘤。」

「我、我看還是找姊姊幫忙比較好吧？」

「我之後會再拜託悠璃，所以你也來，好嗎？」

她都這麼講了，我當然沒有反駁的餘地。

我是不會違逆家人的男人——九重雪兔，無論何時都一樣。

我望向天空，今天月亮依舊照亮黑夜。

月亮始終如一，那我有可能改變嗎？一股不知名的感情在我心中迴盪，這或許是與他人產生交集所形成的糾葛。

希望終有一天，我能知曉這份感情究竟是什麼。

◇

「這是怎麼回事……睦月，妳現在正在受苦嗎……？」

換做是平時，我只會一笑置之，因為不足以取信，也沒在意的價值。

然而上面記載的，卻是我心中疑惑的解答。

我起了雞皮疙瘩，因為目睹不容忽視的事實。上頭整齊排列的文字，內容竟是如此恐怖，我目不轉睛地讀著，然後使勁揉爛。

「給我走著瞧，我一定會把你趕出這間學校……」

那個該死的男人叫做九重雪兔，親眼目睹他的低劣人格，更使我產生滿腔怒火及恨意。

學生會長祁堂睦月，她就有如我的太陽，她比任何人都還崇高，無比尊貴。

她為人活潑又溫柔，直率且清廉，凜然貫徹自身正義，她平等對待任何人的身影，讓我感到無限耀眼。

我對她抱持著淡淡的憧憬——好想成為這樣的人。

這不是敵對心或是嫉妒什麼的，我對她朝思暮想，就宛如初戀。

潛藏在心底的想法靜靜地燃燒，溫暖著我。

她是我的聖域，既夢幻又美麗，不容任何人玷汙。

我家境富裕，也就是俗稱的千金大小姐，這是不爭的事實。正因為如此，我才被活潑奔放的她所吸引。

睦月對我來說，就彷彿是童話中出現的理想王子。

我沒打算把這想法強加在她身上，這只是自己無關緊要的私心。

我希望她能夠邂逅一位出色的男性，與對方結為連理得到幸福，而我在一旁祝福她，只要能做到這點，我就心滿意足了。然而——

這樣的她卻徹底改變了，我一開始聽到還懷疑是自己聽錯。

她竟然對一年級下跪，求對方與她成為炮友，這怎麼聽都像是笑話。

然而這些並非謠言，光是這樣，就足以將我推入絕望深淵。

當我看到睦月下跪的照片，差點腿軟昏倒。

發生那件事之後，她就熱衷於某人，隨時將對方掛在心上。

乍看之下她與平時無異，不過無時無刻關注她身影的我，對那變化可說是一目了然。

睦月才不是那種人！於是我試圖尋求真相。

她究竟為何變了個人，最後我找到了造就這一切的源頭。

竟然握住女性把柄，令對方唯命是從。

還陷害睦月，給她冠上莫須有的罪名。

不可原諒，我絕不放過這個玷汙我理想的男人！

我絕不允許這種人和我就讀同間學校！我深怕到時受害的不只是睦月。

他的毒牙，很有可能伸向其他女同學。

我得把他趕走，得快點讓這男人從她面前消失！

所以我——

「父親，我有事想談。」

第四章「滿懷惡意的敗者」

「怎麼又是這學生跟這一班啊……」

星期一的教師會議混亂不堪，校長一臉困惑，以不悅語調碎念。

「這可是前所未聞的大事啊校長！」

「真是丟盡了學校的臉，竟然會招收這種學生。」

好幾名看這學生不順眼的老師同意道。

「藤代老師，他有什麼可疑行蹤嗎？」

「完全沒有。」

藤代老師斬釘截鐵地說。對藤代而言，上次考試的結果令她感到驕傲，沒有任何可恥之處。不過其他老師看藤代太過年輕，帶的班級還考到第一名，因此心生嫉妒也是事實。

「其他監考老師們怎麼看？」

「我監考時沒看到學生有詭異舉動。」

「若是真做到這種規模，要瞞過老師眼睛也太難了。」

校長提問，而老師們一一回想起當時情況答覆。

全場一致認為沒做，因為這種事不可能會發生。

這結果沒什麼值得訝異的，倘若這是事實，那就象徵著負責監考的所有老師都證明了自己無能。

事件開端，是起於一封星期一收到的密告。

一年B班考試時有大規模且有組織的集體作弊。

由於B班平均分數高出其他班級許多，才無法忽視這封投書。

不過，這並沒有確切證據。負責監考的老師們，一個個都提出沒有作弊的證詞。若是如此，那就只是有人嫉妒，才會寫出這種刻意貶低人的謊言，事情也會就此告一段落，最大的問題，就在於投書指控的主導學生。

九重雪兔，這名問題學生的名字，無數次出現在教師會議上。如果是這名學生就有可能會作弊的偏見，蒙蔽了老師的眼睛。

「乾脆把他找出來，在眾人監視下解題？這樣應該就能揭穿他。」

「這人怎麼看都比較像有作弊啊。」

「還有中傷他人那件事，校長，我看還是得懲處他吧？」

儘管大家判斷這投書毫無根據，卻幾乎沒人願意擁護他，安東移開視線，只剩藤代和三條寺涼香老師孤軍奮戰。

「剛才監考老師們明明就說了沒有可疑之處，為什麼還要懲處學生，我無法認同！」

「我也反對只因為可疑，就無憑無據懲罰學生。我們這些大人，怎能做出如此欠缺思慮的決定？」

三條寺老師以斥責語氣說道，校長急忙安撫：

「可是啊，光是收到這封投書的時間點，就等於發生問題了，況且他是容易引發爭議的學生，這是不爭的事實。」

「真傷腦筋啊……我們學校可不想再添更多麻煩了。」

「三條寺老師妳怎麼了？這真不像妳會說的話。他應該是妳必須好好指導的對象才對啊……」

老師們紛紛說出心中疑慮。在場所有人都知道，三條寺涼香這老師極其優秀且性格光明磊落，絕不容忍不公不義之事。

「這麼做哪有道理可言！」

「三條寺老師妳先冷靜點。我看就這麼做吧，下次考試必須嚴格檢查學生物品，再由兩名老師監考，這樣可以嗎，藤代老師？」

「……我知道了。」

藤代咬牙懊悔，這決定對她而言，簡直就是屈辱。

「另外這件事，絕不能傳入**先生**耳中。他這位校友非常熱愛母校，絕不會允許這種事發生，所以視察改由A班負責。」

「請等一下！這——」

「藤代老師，B班有許多優秀的學生，我害怕那人給他們帶來不好的影響，若有蘋果爛掉，絕不能眼睜睜地擱在那。」

我怒瞪一臉理所當然說出這種話的校長。

「您這麼說是認真的嗎？」

「藤代老師請鄭重警告他，要他別再做出破壞學校聲譽的行為。」

我聽完只能用難以置信的眼神看著校長，一臉厭煩地結束這段對話。

大家如同剛才的議論沒發生過，繼續討論下個議題，也為後續事件種下禍根。

◆

「九重，麗嘉的事真是不好意思，下次再來下將棋吧。」

「你是圍棋社的吧。」

藍原學長苦笑離開。竟然特地跑到一年級教室道謝，真是個一板一眼的好人。這個藍原明明是圍棋社社長，將棋卻強得要命，我也被他狠狠修理了一頓，我可是不會忘記你故意留下「王」把我玩弄到死的仇。

「你人面也廣過頭了吧？」

「哪有？怎麼看都很普通啊。」

藍原學長是熱血學長介紹給我認識的，我最近都在陪他做和心上人周防學姊之間的戀愛諮詢，爽朗型男會這麼講還真讓我意外。

「你聽好了？要測量不定形物體得先用三角形劃分，接著套入海龍公式計算——」

「我說人面不是臉部面積！真是夠了，天底下哪有你這種邊緣人，我看差不多要有正牌邊緣人來找你抱怨了。」

你不懂啊，爽朗型男，你真的什麼都不懂。

我就讓你看清現實，你可別聽到我有多邊緣就嚇一跳啊？

我一早和悠璃一起上學，中午去參拜女神學姊，在教室會被燈凪或汐里其中一人逮到，也有可能是會長跑來。放學後參加社團，其餘絕大多數時間都被人纏上，回家後媽媽和姊姊會竭盡心力，施展各種精神攻擊侵蝕我的個人空間，出門不小心還可能被冰見山小姐發現。

「我哪裡像邊緣人了！」

「我剛才不就這麼講了！」

在我們無聊爭論時，正道跑來向我搭話。

「雪兔同學，下次要不要來我家吃晚餐？我爸媽都說希望你再來玩。」

「嗯？你媽媽也這麼說？」

「嗯……我們好歹也是一家人。」

「這樣啊，你只要有空隨時都能找我。」

「知道了！謝謝，明天見。」

正道是回家社，所以先走人了。他之前狀況實在稱不上是從容，現在總算是穩定下來了，邀他進籃球社好像是個不錯的主意。

「御來屋，看起來開朗多了呢。」

「一開始還以為事情會變怎樣……差不多去社團了。」

◆

「我的學生是爛掉的蘋果？那群死老頭竟敢說這種屁話！」

「藤代老師，請不要喝得太多，不然會影響到明天上課。」

藤代怒不可遏，三條寺則溫柔地摸她的背。教師會議後，三條寺擔心神代，便邀她單獨出去吃飯。

藤代仰首一口灌下高球燒酒，接著低頭說：

「對不起，竟然把三條寺老師捲進這種事。」

「沒關係，我和妳有相同想法。」

這是她們第一次單獨出去吃飯，藤代還只是個新任教師，三條寺對她而言是遙不可及的存在，因此至今都不太有交集。

「我害三條寺老師的處境更加艱難了。」

藤代表達歉意。儘管兩人資歷相去甚遠，三條寺老師仍對自己這個新人照顧有加，使她不禁將理想中的教師形象與對方重合。

「妳在意的是這個啊，沒關係，他們總有一天會理解的。雖然到時候已經太遲了——那些人也真是愚蠢。」

「三條寺老師，妳……」

「說來慚愧，我以前也和他們一樣，沒有看人的眼光。若不是我有所改變，一定會和他們站在同一陣線指責妳。」

現在的藤代沒有勇氣問過去發生什麼事，況且那一定是不該在酒席上談論的話題。

「……哪天妳再說給我聽吧。」

「好啊，對了，我新年參拜時求了個籤，說我的人生將面臨轉機。我曾懷疑那到底準不準，不過今天我終於產生自覺，現在肯定就是籤上所講的時刻。」

「怎麼聽起來像是在講戀愛運啊，我對那方面倒是沒有緣分。」

「或許吧，我逃到了這，而等待的人卻出現了，這或許也是命運。我作夢也沒想到會發生這種事，我得感謝上天再給我一次機會。我想她也一定……藤代老師，妳不需要擔心。不論未來發生任何事，請妳一定要相信學生，只要做到這點就夠了。」

「……我可能誤會了三條寺老師。」

我還以為她是個死腦筋的人，這就不說出口了。

「呵呵，是這樣嗎？我只是個寂寞的女人，都這把年紀了還沒結婚，只能回家讓狗療癒自己。」

「竟然沒留意到這麼好的女人，這世上的男人真的有問題。」

「好了，藤代老師也打起精神。不過嘛，或許命中註定的對象，早已出現了也說不定呢？」

「這話是什麼意思……？」

三條寺老師如預言般的話語，深深烙在藤代腦海裡。

◇

「真的是非常抱歉！是我沒保護好大家！」

一早，小百合老師就站在講桌上謝罪，頭還低到差點撞到桌子。

大家沒有責怪小百合老師的意思，對他們來說，願意誠懇面對學生甚至低頭的小百合老師，才是一位負責任的大人、出色的老師。

「老師，我們才沒有作弊！」

「明明那麼努力用功，太過分了……」

「我還以為所謂的諸多原因是指什麼……」

「為什麼阿雪總是必須受他人指責？」

大家紛紛責問小百合老師，而老師也一樣心有不甘。

「你們說的我都懂，這個議題出現在教師會議上，大家都沒有當真，所以我本來也不打算告訴你們……」

小百合老師說明前因後果，事件開端其實十分單純。

教師會議上，出現了懷疑上次考試作弊的議題，不過沒有證據，情報可信度極低，老師才沒有告知同學。

另一方面，校方又想盡可能避免惹上麻煩，最後視察班級因諸多原因變更為其他班。

到此為止是事件的前因，此時又出現突發狀況，那就是社群軟體上開始流出相同情報，說有大規模的集體作弊，因此我們才會得知此事，而主犯理所當然就是本人——九重雪兔。

之前我自導自演散布謠言，火勢到現在都還沒完全撲滅，又燃起新的火頭，只能說九重雪兔惡人傳說又寫下了全新的一頁。

話說回來，竟然有善心人士肯協助我的邊緣人計畫，看來這世間還是充滿希望。陌生人啊，就照這勢頭做下去！

「所以上頭的意思，是叫我們別敗壞學校聲譽，是嗎？」

「是啊，真叫人火大，為什麼你們非得被人這麼數落。還敢說沒有懷疑？沒懷疑哪需要變更班級。」

小百合老師一臉哀傷地罵道。老師說的確實有道理，變更視察班級，就等同於校方默認懷疑學生作弊，而大家也都能自然聯想到，他們口中的諸多原因究竟是指什麼。

「這件事遭到公開，似乎搞得老師們也分寸大亂。哼，活該啦，還敢說什麼爛蘋果。我絕對不會原諒他嘲笑我的學生，絕對不會！」

我知道自己是這所學校的全自動評價下降機，但事至如此，我也無法視而不見。

「我又給大家添麻煩了。」

「這麼說就不對了，你又沒做任何壞事。」

我只是想默默過活，為什麼會變成這樣？

不過，這下子我也得做個了斷才行。

「真的是非常抱歉啊啊啊啊啊啊啊啊啊！」

我在全班面前下跪道歉，竟然糟蹋了大家努力念書的考試成果。光靠我一人謝罪實在於事無補，還是做好切腹的覺悟吧。

「對了！乾脆把我退學就好啊？」

都忘記有這麼簡單的方法，真是老糊塗了。只要我退學，學校評價自然不會降低，小百合老師不會受人消遣，班上同學也能獲得正當評價，萬事解決。反正我已成了這所學校最大的汙點，這簡直是眾人皆贏笑開懷的提案。

這麼做可能會給媽媽添麻煩，但只要下跪舔她的腳應該就能原諒我，畢竟最近她總是對我莫名溫柔。

慢著喔？我想到個更好的主意！今天我的腦袋特別靈光啊。我看就趁這機會離開家裡吧，也不需要給我生活費了，船到橋頭自然直，我看媽媽肯定也會開心贊成，我要去離島種蜜柑過活囉。

我一講解這個百利而無一害的完美計畫，大家就紛紛靠過來。

「那麼，我也不念了。」

「啥？你說什麼傻話，妳以為茜阿姨會同意妳這麼做嗎？」

「我也不念了！阿雪，我們一起種蜜柑吧。」

「妳們到底在胡說什麼啊。」

「你忘啦？我是追著雪兔來到這所學校。既然雪兔不在，那我待在這也沒有意義。」

燈凪微笑說道。她這番話中，沒有夾雜一絲虛假。我緩緩看向她身旁，汐里也露出相同神情。

「……我真卑鄙。我都明白，這麼講只會讓雪兔困擾。」

「為什麼……」

「我說過好多次了——因為我喜歡你，因為喜歡才想和你在一起。」

燈凪面無懼色，清晰地說出口。周遭神情緊張，大家都知道已經死棋了，局面無法扭轉，任誰都無法妨礙她。而我依然醜陋、難堪地垂死掙扎，因為不願承認的真相，或許就隱藏在其中。

「妳仔細想清楚，這麼做會斷送妳們的未來——」

「那雪兔的未來呢？你的幸福又在哪？」

我無言以對，我從沒思考過這個問題。未來，我真的能夠獲得那種東西嗎？

我沒想像過未來，因為活在當下就已經竭盡全力了，根本無法思考前方究竟有些什麼。幸福所在，對我來說不過是夢話罷了，我所看到的未來是——

「可能橫死街頭吧。」

「我絕不讓你這麼做，我才不承認這種未來。」

「你輸了，大情聖。既然如此，我也乾脆不念了。我看你去種蜜柑，說不定莫名就會種出新品種，那樣感覺還比較有趣。」

不知為何爽朗型男也想加入，大家是有那麼討厭學校嗎？

「一口氣四個人退學，會給小百合老師添麻煩的。」

「不用介意，九重雪兔，要是你不念了我也會遞出辭呈。」

這些人是有毛病嗎————！我向同學尋求認同，卻沒人站在我這。

「老師不用擔心，事情不會發展成那樣，雪兔馬上就會解決。因為我喜歡的九重雪兔——就是這樣一個人。」

爽朗型男說得對，我徹底敗北了。不明白狀況的只有我。燈凪、汐里，再會時明明表情那麼灰暗，如今卻感受不到丁點陰鬱。如果這就是成長，那沒有成長的，就只有我一人了。我放棄掙扎，坐下深深舒了一口氣。

竟敢讓小百合老師低頭，還否定全班同學的努力，實在罪該萬死。那麼我在這狀況下要做的，只有一件事。

「我會讓對方知道，讓我們老師低頭的代價可不輕。」

極度震撼的班會結束，消息瞬間散布開來。

在世間蔓延的報紙擁護論中有一說法，大家只會在網路上看自己有興趣的情報，但報紙卻能將自己沒興趣的情報一併映入眼簾，這樣才不會讓得到的情報有所偏頗。

這簡直是屁話，怎麼聽都只是衰退媒體的死前哀號。

這種說法，根本是以所有看報紙的人都會從頭仔細看到尾為前提，有人只看報紙專欄，也有人只看股價，甚至有人只看八卦娛樂新聞，連做報紙的人都忘記自己撰寫的內容本來就有所偏頗。到頭來，媒體這種東西本來就各有優劣，若想提出擁護報紙的論調，那就該著重在報紙特有的優勢上才對。

不過這件事一點都無所謂，班上依舊一片混亂。

「居然說我們作弊？我們才沒做那種事！」

「嗚哇，寫了這麼多過分的東西。九重仔，你最好別看。」

「藤代老師好可憐……」

「沒想到成績好還會演變成問題，雪兔，該怎麼辦？」

什麼什麼，法律界的女神又打贏官司了？嘿——原來法律界也有女神啊，原來不只這間學校有，說不定這世上其實到處都有女神。

「我正在思考。」

不知為何燈凪和汐里緊緊抱住我的兩手，妳們到底想幹麼？

她們以不安卻蘊藏強大意志的眼神直視我。

「不要只想著自己背負，大家一起思考吧。我絕不允許雪兔犧牲自己。」

「是啊，這不是阿雪一個人的問題，別忘了還有我們在。」

「你又……你夠了沒啊。」

報紙被搶走了，真不懂為什麼要對我生氣。

「就算你們這樣講啊……」

報紙的地方新聞忽然映入眼簾。

「噫咿……難得被媽媽誇獎了……好難過……」

豹紋壁虎安慰著失落的釋迦堂——!?啊、搞什麼，是扭蛋玩具啊，嚇死我了。最近真的是什麼都能做成扭蛋，叮咚！

「我有點子了！」

「你怎麼每次都跟漫畫一樣，在奇怪的時間點靈光一閃啊。」

我正猶豫該不該把想法說出口，像平時那樣只有我一人倒是簡單，不論結果如何，我都能獨自承擔責任，也不會有所糾葛。不過，要是這次——

「我喜歡你，所以我絕不允許雪兔犧牲自己，這樣不只我會難受，大家應該也抱持著相同想法。因為喜歡才想幫助你，因為是朋友才想同心協力，只是這樣而已。雪兔無時無刻都為了他人拚盡全力，至今已為我們做了太多。所以不用想得那麼難，你並不是孤身一人。」

我看向周遭，只想當個陰沉邊緣人的我，似乎朝反方向前進。

不知為何，自己總是被他人圍繞著，我不禁嘆氣。

「要實行這個計畫光靠我自己的力量還不夠，需要大家的協助。」

「雪兔！」

「阿雪！」

我將抱著我手臂的兩人拉開，開始解釋心中計畫，班上同學的表情逐漸浮現出惡毒的笑容。

「只要想想看現在學校最怕碰到什麼，答案就自然浮現了。我們正面進攻。」

「竟敢對我們班導做這種事，雪兔，讓那些傢伙知道我們的厲害！」

「哈哈哈哈！九重仔太棒了——！我們放手去做吧！」

「我媽媽一定會二話不說答應，她本來就打算參加了。」

「阿雪，找爸爸來也行嗎？」

「校方應該更怕面對父親吧。」

「沒辦法——我也去問問看吧。」

「好久沒跟阿一混在一起了，雖然有些難為情，總之我也去談談看吧。」

高橋和赤沼緊緊握手，這兩人其實是國中同學，感情還相當要好。所有人著手行動或是聯絡家人。

「這樣一來，只有我沒聯絡家人就太不負責任了，也沒辦法。」

只能說是逼不得已。大家都向家人尋求協助了，總不能只有我什麼都不做，去買個土產拜託她吧。

「小百合老師妳安息吧。這個仇，我一定會幫妳報。」

「先說好，我們班導還活著好嗎？」

爽朗型男不忘吐槽，這傢伙也未免太配合了。

◆

好傷心、好煎熬、好痛苦，為什麼我會忘記？

我想起在心中不斷翻騰的模糊感情，叫做悲傷。

被甩掉時，無法參加比賽時，我都不感到悲傷。因為我放棄了，我接受無法改變的現實，僅只如此。

我猜自己握住雪華阿姨手的那天，應該把一生的悲傷情感都耗盡了。愛別離苦，我不停地悲傷，最後情感乾枯。

那天的悲傷覆蓋一切，於是我再也哭不出來。

「為什麼姊姊總是那麼任性！」

「求求妳雪華！我已經沒有時間了！」

就跟那天一樣，媽媽和雪華阿姨爭論不休，原因是我。

我討厭沒用的自己，心中充滿歉意。

深沉悲傷包覆著我。要是沒有我，要是我沒出生，就不會害兩人引發爭執，她們姊妹不和，都是因我引起。

受到祝福生於世上，卻散布不幸的異類，那就是我──九重雪兔。

我羞愧得無地自容，只想早點離開這裡。

媽媽是位美女，她溫柔、愛護小孩，是我引以為傲的母親。

不過仔細觀察就能發現，她稍微變老了。這乃是自然之事，就年齡而論，她看起來依舊十分年輕。既便如此，我還是明白自己這個累贅，給她帶來了壓力以及負擔。

我壓榨的不只是她的財富，甚至還有時間和年輕，我是個極其礙事的存在。

「我會改變的，我會當個不愧對孩子的母親！」

「那妳為什麼不早點這麼做，雪雪他──」

我並沒打算把局面弄這麼難看，但這已成藉口。

為什麼這兩人會吵架，得從一小時前開始說明起。

「這是一點小禮物。」

「真是的！雪雪，我不是說過你不用費心了。」

我將自己買的高級巧克力交給雪華阿姨，卻害她生氣了。

雪華阿姨養的兔子腓特烈二世，跳到我的膝蓋上吃起飼料。噗。啊、便便了。至於為什麼要叫二世，因為牠是第二代。

「雪雪不知為何從以前就很受動物喜愛呢——」

「沒有這種……應該有……好像有……有嗎？」

講到中間我也不敢肯定了，這麼說來，每次去公園都會被鴿子討飼料，我怎麼可能隨身攜帶那種東西。

「你前世一定是馴獸師，雪雪喜歡兔子嗎？」

「兔子嗎？我覺得很可愛啊，我的名字也有個兔字，總覺得很有親近感。」

「那真是太好了，我馬上訂反轉兔女郎裝！」

雪華阿姨開心地操作起電腦，反轉兔女郎是什麼？我看向腓特烈二世背後，噗。啊、又便便了。

這個詞似乎跟腓特烈二世沒有關係，於是我拿起手機搜尋。

「慢著慢著！妳先冷靜下來，我們有事好好商量！」

「雪雪，你看看國際情勢，光靠協商無法解決任何問題的。」

「有道理。」

「我點。」
「呀啊啊啊啊啊啊啊！」
她毫不留情地點下送出訂單，九重雪兔的哀號響徹屋內。
「這不行、這衣服真的不行！妳買來要做什麼!?」
「當然是買來穿啊。」
「誰穿？」
「我。」
「我腸內的加氏乳桿菌不夠，先走了。」
「你以為逃得了？」
等級差距太大，無法脫逃！仔細想想，這裡本來就是頭目房。雪華阿姨一臉欣喜，反觀我哆嗦不止，原來這就是等級差距。
今天我來到雪華阿姨的公寓，是為了拜託她來參加教學參觀，以及最近媽媽狀況不大對勁，至於姊姊本來就不大對勁就算了，總之我有點擔心，所以想找阿姨商量一下。
「謝謝雪雪邀請我，我會畫好完美的妝再參加！」
「拜託請手下留情，阿姨要是變更漂亮我可傷腦筋了。」
「真是的！雪雪真的很會討我開心，這個乖孩子！」
雪華阿姨開心得扭動身體，阿姨對我照顧有加，我對她只有無限感激，所以在她

面前總是抬不起頭。

「話說回來，姊姊洗心革面是嗎……她突然怎麼啦？」

「她心臟是不是不好啊。」

「雪雪，我想洗心不是那個意思。」

我自己也對心臟不好這假設是半信半疑，但也無法放著不管，才會特地跑來找雪華阿姨商量。

一開始我純粹以為媽媽是生病感到不安，真要說她哪變了，應該是媽媽最近變得更有魅力吧。

「雪雪說她變了，具體來說是哪裡變了呢？」

這樣一問我還真不知該如何回答，畢竟沒有明確的變化，硬要說的話就是氛圍、距離感，這一類難以形容的事物。

「嗯……該說是變情色了嗎？」

「變情色⁉」

糟糕！不知不覺說出不該講的話。

「我不是那個意思！啊、對了，她說想重新當我媽媽！」

這話的語感聽起來像是想從頭修行之類的，實在令我不安。

「重當媽媽，媽媽這東西是能重當的嗎？」

「我也是這麼想……」

傷腦筋，連雪華阿姨也不明白嗎？母親說想要重當媽媽這件事，其實並沒有帶來什麼不良影響，只不過我的心兒一直碰碰跳個不停，是不是心臟衰竭啊。

「我也有事得聯絡姊姊，我趁機問一下吧。」

「拜託了。」

雪華阿姨拿起手機打給媽媽，我去問也不知該從何問起，交給聰明伶俐的雪華阿姨，肯定能問出她的真實想法。

「啊，姊姊。嗯，雪雪拜託我參加教學參觀——咦，什麼？為什麼姊姊要？事到如今妳還胡說什麼！最近雪雪才說妳不太對勁——蛤？什麼重新當媽媽……妳知道妳以前做了多過分的——夠了，我現在過去！」

阿姨怒上心頭掛斷電話，看來兩人起了爭執，我也正好打算回去，於是跟著阿姨走。

「雪雪，最近發生了什麼事嗎？」

這麼說來，我過去經常找雪華阿姨商量事情，因為有太多我不明白也無可奈何的事，我開始懷念起來，於是聊起近況。

我和那些以為不可能再會的人們重逢，被人真心告白，碰到沒見過面好感度卻莫名高的人，家人不太對勁，被人冠上莫須有的色狼罪名，被人騎腳踏車撞，能講的事多到數不清。

而雪華阿姨則睜大眼睛聽著我那些漫無邊際的話。

「雪雪，難道你——」

◆

媽媽和雪華阿姨在我眼前激烈地爭論，我總是輕易依賴雪華阿姨，才會引發這起人禍，回想起來，每次都是我撕裂她們倆的感情。

若是沒有我，她們依舊會是感情要好的姊妹。

這是過去也曾見過的畫面，不希望再次發生的衝突。全都怪我，因為有我在，是我導致的，每一次都是。

我不論低頭道歉多少遍都無法阻止爭執，反而如火上加油一般使情況惡化，最後只剩下龐大的挫折感。

「雪雪我們走，繼續待在這種地方，你會壞掉的。」

和那天相同，雪華阿姨對我伸出手，正當我打算握住時，被人從背後抱住阻止。

「我不會再把這孩子交給妳了！我愛他！我需要他！」

真是不可思議，我還是第一次見到這麼拚命的母親。

現在的她奮不顧身，只是一心一意闡述心中想法。

——需要。媽媽真的需要我嗎？

「妳還不明白自己把雪雪傷得多深嗎？」

「我不認為雪兔會原諒我，就算他恨我一輩子也沒關係。即使是這樣，我也不允許自己沒傳達心中想法就與他分開，我無法承受這種結果。我要告訴他，希望他知道我有多麼喜歡他，有多麼愛他。」

「媽媽妳怎麼了？咦，還來⁉妳的臉幹麼越靠越——嗯——嗯——嗯⁉」

「等、等等姊姊，妳在幹麼——⁉」

我死命掙扎媽媽卻無動於衷，沒多久我就缺氧。

雪華阿姨急忙想把我們拉開，我卻被緊緊抱著動彈不得。

「呼、呼……」

第二次遠比第一次還要更加濃密——這實在震撼過頭，連頭痛都被沖飛了。

糟糕……頭暈目眩的，肺部渴求著新鮮氧氣。

「雪華，我是認真的。我比任何人都愛他，甚至超越妳。」

此舉簡直是將戰帖直接砸在對手身上。雪華阿姨呆了半晌，終於回過神來。

「事到如今還如此厚臉皮……！我不會輸的，只有姊姊——我絕對不會輸給妳。」

雪華阿姨回道，她的眼神蘊藏著不輸給媽媽的強烈光芒。

◇

毫無幹勁的背景音樂正誘我進入夢鄉。

即使雪華阿姨相助，我依舊無法參透「媽媽變不太對勁」這個問題，於是我提出了一個假設。大家不是常說嗎，不能累積太多壓力，若不適當舒壓，便會對身體與精神造成影響。

我想媽媽現在或許就處於這一類狀況？

換言之媽媽就是累積過多母性，才造成了她現在的變化。

樂觀來看，現在媽媽只是處於母性跳樓大拍賣，我猜等她發洩完畢，一切都會恢復原狀。

真希望她快點變回那個不關心我的媽媽。

「怎麼了嗎？真難得耶，雪兔竟然會這麼累。」

「我正在重學御成敗式目（註3）。」

「我本來想誇你非常用功，不過你肯定不是單純在學習吧。」

在我家可能得改成母性賣色慾（註4），就連北條泰時聽到這雙關也只能苦笑吧。

我的日常生活本來就苦不堪言，可是前幾天發生的大事已經無法用痛苦形容了，這樣下去我真的會撐不住！我會化為媽媽的俘虜！

於是我昨晚熬夜思考並訂立了五十一條家庭內法律。

註3　日本鎌倉時代，北條泰時制定的武士政權法律。

註4　與御成敗式目諧音。

・其一、進房間時先敲門。

・其一、就寢時回自己房間。

・其一、洗澡一次只能一人洗。

・其一、衣服不能脫了亂丟。

・其一、自己刷牙。

・其一、嚴禁過度觸摸。

・其一、零食費不能超過三百圓。

・其一、遊戲課金得適可而止。

如各位所見，每一條都是相當正經的規則，我意氣風發地向兩人提案，還以為她們會二話不說贊成，卻立刻被駁回了。還來！把我的睡眠時間還來！

姊姊可更過分了，說什麼：「不能穿內衣走來走去？哼，好啦好啦，那我裸體總行了吧。」妳根本什麼都沒聽懂吧。

九重家是採取合議制的三人家庭，需要兩人同意提案才能通過……咦，仔細想想好像……沒人跟我站同一邊？

「是說……我在這裡……真的沒問題嗎……？」

釋迦堂忽然從我身後冒出頭，我嚇得魂不附體，這人的隱形能力還是高得毫無意義，有必要要消除存在感嗎？

「妳可是這次的勝利關鍵，碰到爬蟲類相關問題就拜託妳了。」

「嘻嘻……交給我吧……不過，感覺沒我出場的機會……」

我拖著無精打采的釋迦堂，和爽朗型男一起入座。

抬頭一望，萬里無雲的美麗藍天。主婦和老人家們看起來十分雀躍。

周末，我說了聲「我們去拿個冠軍」，我們三人便組成特異軍團，參加鎮上的猜謎大賽，這件事全班都知道。

聽了隊伍名別嚇一跳，我們叫『一年B班作弊團』。

這個出色的隊伍名，正適合拿來嘲諷校方。

「只要沒有猜謎王在場，我們穩拿冠軍。」

——才剛說完就真拿冠軍了。還接受了採訪。

「是啊，這隊伍名是有特殊意義的。其實我們班之前只因為考試考得太好，就被冠上了莫須有的作弊嫌疑，還受到不當的待遇。相信我們的只有班導藤代老師和三條寺老師，而校長他們竟然說叫我們不要敗壞學校聲譽，真是難以置信。今天我們是想證明自己沒有作弊，才來參加猜謎大賽！」

「我們……是無辜的……被懷疑好難過……」

「啊，下個輪到我。呃……校長請不要這麼做，我們沒有作弊！這次能拿到冠軍，全是憑我們自己的實力。」

爽朗型男，你演技好爛啊。沒想到你有這麼個意外的弱點。

記者似乎察覺到狀況不太對勁，於是草草結束採訪。

其實這個猜謎大賽，是由地方情報頻道的在地節目全程轉播。

意思是我們所說的全都在電視上播出了。

我偶然在報紙的地方新聞上看到募集參加者的情報，便心想能拿來利用，這種節目觀看人數少也不太會傳播出去，但這不成問題。

雖然對不起嘴角抽動的採訪者，不過現在這個年代，根本無法將事情徹底隱瞞。隨後我們立刻離開會場，將完整版採訪影片上傳到動畫網站，再藉由同學們散布出去。

「這樣真的會燒起來嗎？感覺沒啥效果啊……」

「沒必要燒起來。」

「我們不是為了這個目的才參加嗎？」

我們做的這些單純只是事前準備，應該說事情鬧大反而不好收拾。

「你想想看，這次事件最生氣的會是誰？我們什麼都不用做，交給他們處理就好了，釋迦堂一定馬上就想到是誰了吧，對不對——？」

「對呀——媽媽……她可氣炸了……」

「原來如此，這才是你的目的啊。我開始覺得校長他們有點可憐了……」

「誰鳥他，他根本自作自受，是說爽朗型男你家人會來嗎？」

「會啊，我跟媽媽講了，她一聽說可開心了，我倒是覺得有點丟臉。」

被正值青春期的小孩拜託，身為家長或多或少都會感到高興。

甚至有人家長興高采烈地說：「好——那爸爸要加油了——！」

不過家家有本難念的經。聽說有同學跟家人鬧不合，平時幾乎沒有對話。若是這次事件能夠破冰，那便是一舉兩得。那怕這只是漂亮話，總之家人能和睦相處，肯定是最好的。

話雖如此，這世上也有無法用常理判斷的毒親，或是對小孩教育百害而無一利的家長，實在無法一概而論說和睦相處絕對是最好的，但我仍希望抱持著這樣的理想。

「媽媽……似乎打從一開始就想參加……」

「雪兔家呢？」

「嗚、我的頭……」

沒想到睡眠不足影響我到這種程度，我實在難以思考了。晚安——

◇

「為什麼會演變成這種情況……」

緊急召開的教師會議中瀰漫著險惡氛圍。

視察平安結束，正以為能放心時，又發生了其他問題。

校長看著手上文件，手抖個不停，擠出一絲聲音說：

「我們沒犯任何錯誤才對啊……」

不知為何跑去參加猜謎大賽的九重雪兔，他那影片中的問題發言雖然立刻被當作議題，最後卻只造成了極小的混亂收場。

說到底，他們實際並沒有大規模作弊，詢問監考老師後，我們便得出了沒察覺可疑行為的結論。

那封投書只是想惡整B班而已，就校方的處理方式來說，我們沒做出錯誤判斷，也沒犯下任何過失。

況且校長怎會帶頭跟老師一起貶低學校，他們的栽贓嫁禍根本毫無道理可言。

九重雪兔的主張太過荒唐無稽，導致他那愚蠢的發言沒有傳開來，甚至沒有理會的價值，還有人認為他的行動很顯然破壞校譽。

他八成是小說連續劇看多了，以為利用社群施壓就能稱心如意，那不過是受青春期特有的全能感支配，才會產生把大人當白痴的幼稚想法。事實上那的確也沒造成多大影響，我才輕視了他那無聊的小聰明。

不過星期一，我收到藤代報告時卻不禁顫抖。

「藤代老師，這……沒有寫錯吧……？」

我額頭冒出冷汗，再次向她確認，拜託一定要告訴我這是假的。

「剩下的學生說要到最後才知道能不能參加。」

「為什麼會演變成這種情況……」

校長再次碎念相同臺詞，沒有其他人說話。

校長終於發現，雪兔打從一開始的目的就是這個。他以為這只是成天鬧事的學生所做出的無謀之舉，然而這其實是經過縝密計算的行為，還打擊在校方最討厭的弱點上。

「聽說有許多家長大發雷霆。」

三條寺老師一瞬間對我眨眼示意，而我也對她使了眼色。

（三條寺老師早就知道會演變成這樣？）

歷年來，參加率頂多兩成的教學參觀，今年竟然幾乎所有家長都決定參加，在不參加上畫圈的僅只兩人，而且聽說這兩名家長也打算參加，目前正在調整工作行程。

藤代收回調查表時，也和校長一樣直冒冷汗、手打哆嗦。

這本來應是令人欣喜的事，只不過就時間點來看，很顯然是家長想對校方提出抗議。

如果只是一兩人也就算了，若是有極高可能被這麼多位家長指責，便無法等閒視之。他們之中可能有社經地位極高的人物，也難保誰擁有怎樣的人脈。

如今已經無法大事化小、小事化無，簡直是走投無路了。

（沒想到連我都被九重雪兔保護了……）

藤代在心中自嘲。既然雪兔能做到這件事，那他其實根本沒必要刻意上傳影片，他這麼做，是為了表明藤代和三條寺的立場。

某種程度上這也算是一種不在場證明，若是影片裡沒提出藤代和三條寺的名字，那藤代或許也會和校長他們一樣戰戰兢兢。

（嗯，下次對他溫柔點吧。話說回來，沒想到連御來屋的父母都來參加，他還真的是……都不清楚到底誰才是老師了……）

御來屋正道，雖然和九重雪兔有別，卻一樣是班上需要留意的學生。

藤代一直很關心正道，這並不是他行為上有問題，他只是個普通學生，卻有可能一不小心就走上歪路。

正道雙親離異，而親權握在父親手上。不過，這其實是到最近才決定的事，理由是正道母親外遇了足足五年。

對方也是已婚者，所以算是雙重外遇，似乎是對方配偶察覺不對勁，拜託徵信社調查後通知正道父親才發現。

那不過是不帶情感的肉體關係。不論他們如何矯飾自身行為，一旦被揭穿了，就會知道一切只是幻想；他們口中的逢場作戲，是會將家人親戚一同送往破滅深淵的單程車票。

若是因外遇的有責離婚，贍養費的金額將會高上許多。除了要支付給配偶贍養費外，還會被對方配偶要求遮羞費，這等同是失去了一切；若是身為家庭支柱的男性也就算了，正道的母親是位家庭主婦，她沒有籌錢方法，只能向父母求助。

收拾殘局數個月後，她的外遇對象也離婚了，可是一切仍未結束，背叛造成的傷害，將會一輩子折磨當事人。

正道的悲劇從這時才拉開序幕，正道父親因妻子長年外遇，開始疑神疑鬼，忍不住逼問妻子，正道是不是自己真正的孩子。而正道偶然撞見這現場，最後因打擊封閉自我。

正道當然是他父母的小孩，這點無庸置疑。年滿十六歲的正道，有權選擇將親權交給誰，他正值複雜且帶有精神潔癖的青春期，無法原諒外遇這種行為。況且母親欠下高額贍養費，實在無法撫養他。於是親權自然落到父親手上，不過正道父親仍懷疑自己幫他人托卵，這使正道認為家中沒有人站在他這邊，因此陷入絕望。

正道是獨子，沒有其他兄弟，即使父親立刻察覺事態嚴重而道歉，早已為時已晚。

他獨自承受痛苦掙扎度日，這時的正道臉色甚至憔悴到藤代一眼就能看出。

就在正道瀕臨極限時，對他伸出援手的正是九重雪兔。

九重雪兔本來就經常和同學聊天，也不知為何，總是有人找他商量各式各樣的事，從題目的解法，到如何驅逐貼在紗窗上的椿象，總之範圍廣泛。或許是因為他將自己置身為最底層，大家才能輕鬆找他攀談也說不定。至於雪兔偶爾會瞎說：「為什麼我就是當不了邊緣人!?」藤代則認為只要他待在學校，應該就不可能辦得到。

（說起來，最近相馬也變得相當活潑，周防也是，他到底每天都在幹麼啊……）

相馬鏡花，這名學生在二年級中相當出名，但相反的，也有很多人討厭她。

講好聽點，她是高不可攀的鮮花，不過她總是表現出一副高傲的態度，使許多同性學生對她抱持反感……本該是這樣，直到最近。

她最近不知為何變得相當溫柔，之前帶刺的態度完全消失，現在不光是異性，就連同性也對她有所改觀。

其他還有鼓勵了被讀他校的戀人甩掉，沮喪到自暴自棄的周防麗嘉，他甚至還幫原本就喜歡周防的圍棋社社長牽線，總之九重雪兔的人物關係非常複雜離奇。

人們總是莫名地聚集在他身邊，儘管這與他本人意願相反。

雖不清楚為何御來屋正道會和九重雪兔談心。

可能是九重雪兔同為單親家庭才會有所共鳴，又或者因為他總是遭遇不幸，也有可能是看到硯川、神代與他之間的事件始末，總之正道他需要向人尋求協助。

九重雪兔聽了正道情況後，便開始頻繁出入正道家。正道的母親沒有臉面對小孩，開始害怕正道；而正道父親則為自己深深傷害了正道後悔莫及。九重雪兔便成了中間人，打聽到正道父母的想法，並傳達給他，接著又詢問正道的想法，並傳達給他父母。

他父母一開始對於九重雪兔突然出現感到困惑，在兩人得知正道在學校的情況，以及他過得多麼痛苦時，忍不住哭號謝罪。九重雪兔將這件事傳達給正道時，正道也不禁落淚，他就是如此努力地當雙方的橋梁。

儘管離婚這項事實無從改變，時間久了之後，雙方關係逐漸產生好轉。

最後正道父親決定不向前妻要求贍養費，相對地，他要求對方答應自己，給外遇對象配偶的遮羞費必須自己工作償還。實際上這筆錢是由正道外公代墊，她再一點一滴償還。

他們相約，等欠債償還完畢後，會再考慮復合。

正道是御來屋夫妻之間的情誼證明，他們倆都非常重視正道，當初決定離婚的他們，也是因為正道才會選擇讓步。

正道的母親，起初並沒有做好為人母親的職責，她只會說要好好念書、遵守規則，不論如何對孩子灌輸這類道德觀念或一般論調，任何人都不會想聽外遇的人說教，就這點而論，母親確實給正道帶來了不良影響。

打從母親外遇那時間點起，事情就不可能圓滿落幕。被這小小誘惑所吸引的代價甚大，所有相關者都會受傷。即使是如此，他們這項決定仍拯救了正道的心。

最終正道決定邀請雙親參加教學參觀，為此事做個了斷。

正道母親說自己沒那資格，哭著道歉好幾小時後，才終於首肯，而正道的父親也哭著答應他會前往參加。

正道絕對不會原諒母親。若他年紀再小一點，甚至可能與對方斷絕關係，正道之所以能夠決定妥協，是因為有人對他伸出援手。只有在這時機，這個選項方能成立。

沒人知道這抉擇是對是錯，而結果出爐，估計也是遙遠的未來。

事件來龍去脈，是正道告訴藤代的。就他說法，似乎是九重雪兔告訴他班導很擔心，這男人也未免太貼心了。

藤代被自己的無力感所擊垮，她確實很擔心學生，可是她能做的也只有擔心。若是在校內發生的問題也就算了，一介教師不可能插手學生家務事。

正因為自己只能把這當成是工作上遇到的挫折看待，藤代才會尊敬秉持信念教育學生的三條寺，可惜就連那位三條寺老師都無能為力。

（……這實在不正常，換作是我可能都緊張到胃穿孔了，究竟是擁有多強韌的精神才能做到這種事……？這傢伙真的天不怕地不怕嗎？他之前好像說自己怕桃子……還是這麼莫名其妙。）

至少對藤代來說，親自踏入修羅場改善眾人關係這種事，她是模仿不來的。九重雪兔可說是御來屋家的恩人。

硯川和神代的雙親似乎也是這麼想。

要是有人想迫害九重雪兔，他們絕不會坐視不管，況且九重雪兔的母親也超寵小孩。

「——藤代老師妳聽好了，千萬不要讓家長們誤解，要好好地說明給他們聽，我們不可能會做出貶低學生這種事。」

「我盡力而為。不過要是我能力不足無法處理的話……到時候就得拜託校長您了。」

校長不禁哆嗦，只要走錯一步事情便會鬧大，過去從沒被逼到此般絕境的他，只能祈禱事件平安落幕。

「……我知道。」

（帶著恐懼入眠吧死禿驢！）

我在心中咒罵。此時的我們完全沒有理解自己與什麼人為敵。也壓根沒料到，未來會有那麼嚴重的事態在等著我們。

之後教師會議便開始討論如何對應才不會出事，大家整理論點，製作假設問答集。

並決定在教學參觀前，向B班學生仔細說明校方這麼處理的理由，就在會議終於告一段落時，一通電話打給校長。

『——東、東城先生！您是來問之前那件事嗎？……那名學生確實就讀本校，而且經常鬧出問題——是、是，我立刻處分。』

校長心焦如焚，直冒冷汗，視線還不時看向藤代。

校長如此迫切的模樣，使得室內緊張氣氛升溫。他掛斷電話，大大地舒了一口氣，隨後沉重且和緩地開口：

「——藤代老師，立刻把該名學生叫來。」

藤代彷彿感到，自己一腳踏進深不見底的沼澤之中。

第五章「無情狂想曲」

自己說出口實在有點奇怪，我現在正受到停學處分。

說是說停學，其實狀況有些複雜。正確來講應該算閉門思過，要說這和停學處分有何差異，似乎是不會留下紀錄，簡單來說就是停學處分（暫定）。一整個禮拜都禁止去上學耶，欸嘿嘿♪

這段期間，似乎在對我展開各種調查。

真不可思議，我被叫出去時，還心想老師們到底會多討厭我，結果他們頂多投以不屑眼神，真叫我空歡喜一場。

這或許是因為我和校長面談時，一開場打招呼就說了「初次見面，我是爛蘋果九重雪兔」所致，老師們聽了神情瞬間緊張起來，笑死。

詢問其實三兩下就結束了，不過他們倒使勁罵了我一頓，像是「會變這樣都怪你多事」「像你這種學生只會給其他人造成不良影響」。

我並沒打算與校方敵對或是反駁，我只說「您說得對極了」「的確是這樣沒錯」，明明同意他們的說法，為何還要一臉不悅跺腳？

姊姊聽說我被處分後勃然大怒，回到家後就更火大了，媽媽向我確認事情真偽時，姊姊怒罵：「為什麼妳不相信他！」害得媽媽哭著死抱住我不放，最後我又只能跟她一起睡。

這陣子我都沒在自己房間睡覺，我是嬰兒還什麼嗎？我叭噗叫總行了吧。

話雖如此，這種程度的小事，對於精神強如銘鉬鋼的我來說，不過如涼風拂面。我早就習慣這類狀況了，也不在乎停學處分的事，只是這場混亂似乎波及到我身邊的人。

其中最值得一提的就是手機通知響個不停。

我是有認識這麼多人嗎？

不認識的號碼打來，我還提高警覺避免是詐騙電話，結果是女神學姊打來的，其他還有圍棋社的藍原學長，以及正道也有打給我，甚至連他父母都打來了。

御來屋正道是因為有某件事找我商量才親密起來，我本以為他只是想商量戀愛，或是問賽貝克效應和熱電效應的差異，沒想到是超乎想像的沉重話題，害我整個頭都大起來。既然都決定陪他商量了，也不好丟著不管，現在回想起來辛苦歸辛苦，但還算是不錯的回憶。

啊，手機又響了，是周防學姊。

為什麼大家都知道我的手機號碼？我的手機號碼什麼時候流出去了。是個資被人賣了嗎？總之我的手機正前所未見地處於老虎機中大獎的狀態。這下我可能得歸還陰沉邊緣人的看板了，先姑且不提這些。

我現在必須思考的，是關於我自己的事。

總覺得不對勁，而且這感覺與日俱增，心中疑惑不斷膨脹。從不相信我自己，我的精神太過強韌，至今都沒任何感覺，也不會受傷。

這世上真有這種事嗎？

我失去了極度重要的事物，也因此取得不必要的強大，可是，我究竟是何時變成現在這樣？

橫豎都要閉門思過，那正好，我就趁這段期間尋找取回自己的線索，我想，這肯定是修復壞掉的我所必經的程序。

不過被停學處分還真是笑破我的肚皮。

足球比賽只要被判兩張黃牌就會退場，就我的狀況可能得累積個十來張。

不知不覺間，我從販售嫌疑的百貨公司，升級成生產嫌疑的綜合商社。

九重雪兔惡人傳說，現在仍不斷寫下新的篇章。雖然大多數都是沒憑沒據故意找碴，唯一一項事實，就只有我在社群軟體上誹謗燈凪。

我在面談時唯一肯定的也只有這件事，理由我只說是個人私怨，其餘絕口不提，就只有害小百合老師一臉愧疚這事令我於心不忍。

表面上的處分理由是因為燈凪的事，那次事件已經過了好一陣子，事到如今才找我面談做處分，實在是難以接受。事後小百合老師偷偷告訴我，好像是某個縣議員施壓所致，我不記得有招惹對方，也不清楚詳情。

為何突然被下達停學處分，我才是最想知道的那個人。

事情開端是在幾天前，校內開始流出某個傳聞。

九重雪兔威脅學姊，強迫對方與他發生肉體關係。

◇

「這是怎麼回事！快給我說明清楚！」

「雪兔才不會做這種事！」

「我也這麼想啊！」

「要是你無法給我滿意答覆，我將呈報相關單位。」

「祁堂同學拜託別這樣，我們好好商量。」

「事到如今還有什麼好商量的！」

校長室裡，數名學生正逼問校長和藤代小百合，關於九重雪兔的停學處分。

為何下達停學這種模糊不清的處分，是因為沒有找到任何證據。

現階段已有眾多學生和家長對校方抱持懷疑態度，信用搖搖欲墜，即使再怎麼希望，也難以將他退學。其實連下達停學處分也是相當困難，最後的妥協方案便是閉門思過。校長以及贊同校長的老師們，看上去十分憔悴。

校方焦躁不安，這時間點太糟了，即使他們默默調查，極力不把事情鬧大，仍受到極大反彈，連日有學生闖入校長室抗議。

豈止如此，這消息傳開後，許多人為這處分感到震怒，多數B班家長甚至不停打到學校抗議，使老師們難以招架。

為何會演變至此，沒人能把握事件全貌。

其中一名當事人，也就是硯川被找去面談，她強烈主張那些誹謗是為了保護自己，卻被老師懷疑為何要包庇雪兔，是不是被他威脅了，這使得硯川震怒到正面反駁老師。

如今處分理由早已雲收霧散，因為根本找不到被害者。

目前正以學生會為首做抗爭，他們最先做的是確認謠言真偽。

老師們找九重雪兔出來面談時，曾要求他交出手機，而他毫無抵抗地將自己的對話紀錄、訊息紀錄、圖片資料夾，一切都暴露在光天化日之下。

裡頭有的只有與家人之間的對話，圖片資料夾更是空無一物。

雖然這樣也相當異常，不過理所當然地，老師們並沒有找出任何證據。

「你們看清楚，這是雪兔的房間，那孩子哪有可能做出那種事！」

悠璃拿出自己手機，亮出她拍的雪兔房間照片。

「怎麼可能……這是，九重雪兔的房間……？他到底是！」

「怎麼會？雪兔住在這種地方……？可是、這——！」
「我第一次看到阿雪房間，這實在是……」
所有人看到這異常畫面，都嚇到說不出話，甚至有人泛淚，他的房間裡什麼都沒有。
這麼說不太對，他的房間裡擺著書桌、衣櫃、床鋪，並不是什麼都沒有。不過房裡卻沒有擺放任何一樣東西證明有人住在這裡。所謂的房間，會展現出個人特質，有人會貼喜歡的藝人海報，擺放漫畫或者遊戲，若沒任何事物能呈現出房間主人的個性，那反而不對勁。
這房間卻毫無人味。只有如醫院般白到令人目眩的牆壁。在這空虛的空間裡，沒有東西能夠反映出九重雪兔的個性，這就是他的房間。
「那孩子肯定是準備好隨時都能離開，讓自己的存在徹底消失。他最近終於有所好轉，為什麼還要傷害他！你們有完沒完！」
悠璃怒喝道。硯川和神代也抱持著相同心情，這麼做要是害雪兔再次壞掉該怎麼辦，為什麼總會發生這種事，她們的內心簡直快被這股不安壓垮。
「明明沒有證據為何要下達處分？為什麼會做出這種事！」
「祁堂妳冷靜點！現在還沒正式下達停學處分。」
「妳以為這種藉口說得通嗎！九重雪兔現在不就被罰閉門思過了！」
「那是因為，我們不能什麼都不做——」

「……那是因為縣議員東城先生聯絡我們。」
「——藤代老師，還不住口！」
校長急忙制止藤代，但藤代繼續說了下去。
「事到如今怎麼可能隱瞞得住！反正再怎麼蒙混遲早都會穿幫，您以為有多少學生對此事感到不滿——東城先生感到十分憤怒，說怎麼能讓這種學生待在女兒就讀的學校裡。」
「所以沒有證據還硬是下達處分？」
「這是為了爭取時間，好證明九重雪兔是清白的。」
「祁堂同學，我們也無可奈何，東城先生親自打電話過來，我們必須做點事情敷衍他。」
「所以你們就為了自保傷害雪兔？」
「藤代老師，妳能接受這種事嗎？」
「怎麼可能接受！我也是——可惡！」
多麼愚蠢，竟然是因為如此無聊的理由，為什麼那個叫東城的縣議員……東城？祁堂猛然驚覺，難道他是——
「那個叫東城的男人，是三年級東城英里佳的父親？」
「東城先生是本校校友，且致力於教育，這次視察他也會來，雖然這與我已經毫無瓜葛了。」

藤代嫌棄地說，她的心境與學生相近，甚至厭惡無法阻止處分的自己。這幾天她不斷苦惱，自己是不是不適合當老師。

「……我終於明白了，原來是這麼回事。」

「喂，祁堂，妳明白什麼！」

祁堂整個慌了，謠言出處竟然是她。而且謠言裡九重雪兔威脅的高年級，肯定就是指自己，若是如此，自己又對九重雪兔——

「是英里佳拜託父親下達處分。悠璃，我們去英里佳的班級，看來老師們並沒有打算保護學生。」

「喂，祁堂，妳等等！」

「九重雪兔現在可是獨自受苦啊！妳們開什麼玩笑！」

狀況加速惡化，任誰都不知道事件將如何收拾，但結束之時仍悄悄地接近。

◆

感冒向學校請假時，身體明明不舒服興致卻莫名高亢，我想應該不少人有過類似經驗吧？這或許是因為眾人都在學校念書時，自己卻享受著自由時間的悖德感所致。

難得閉門思過，我就來好好享受一番。

「河岸我來啦！」

萬里無雲，微風宜人，條件簡直完美。咦，你問閉門思過？管他的咧！又不是正式下達停學處分，既然他們說是要調查，那就跟我沒半毛錢關係，我又沒有任何需要反省的地方，幹麼要聽從他們指示。

反正閒得發慌，我就來祕密醞釀的「總有一天想嘗試的事系列」第一彈，也就是挑戰放風箏，於是我就這麼跑到河岸邊。

這類復古的遊戲實在富含浪漫，譬如貝陀螺（註5）就是如此。

我聽柑仔店的大嬸說，現在就連大人都不曉得那玩意要怎麼綁。

姑且不說那個，就在我打算將風箏升空的階段，就領悟到一切將以失敗收場。

「……未免太大了吧？」

這玩意是要怎麼放？這風箏是我昨天趕工做出來的，我第一次做這種東西，不清楚實際大小，所以一時興起做得太過巨大。

現在正要入夏，而放風箏要利用上升揚力，因此會產生下沉氣流的夏天，本來就不適合放風箏。

說到放風箏，自然會想到冬天，那是因為冬天會產生上升氣流，這自古流傳的傳統遊戲，竟然蘊藏了大自然的睿智。

愚蠢的九重雪兔和巨大風箏，竟然犯了兩個致命錯誤。

註5　發源於日本的一種陀螺，相傳起源於平安時代的京都。

現實是如此殘酷──────！

「小子，你挑錯季節了，凡事都有所謂適合的時機啊。」

一名在遠處眺望的帥氣中年人向我搭話。他看起來似乎六十歲有吧，是個散發韻味的帥大叔。他那鬍子可真有威嚴，希望將來也能成為這樣一位紳士。

「啊，大哥哥你好。我太小看夏天的氣壓了。」

「喂喂，什麼大哥哥，你未免太不懂拍馬屁了吧！我看起來像是那種年紀嗎？真是的，都四十年沒有人這麼叫過我了。」

「我猜你被人說看起來很年輕會覺得高興。」

帥大叔害羞地搔了搔臉頰，媽媽被人說像女大學生也會很開心，應該很少人被認為年輕還會生氣吧？

「就算是這樣，凡事也有個限度吧！說起來，這會不會太大啦？你怎麼選在夏天放風箏啊？」

「這是我第一次挑戰放風箏，對了大哥哥！你能不能幫幫我？我發現自己一個人不可能放得了。」

「我都那麼講了你還大哥哥……算了，要幫你是無所謂啦，小子，你不用上學嗎？在這種地方摸魚不好吧？」

帥大叔連性格也很瀟灑，他說話口氣雖粗枝大葉，卻非常和善。

「其實我正在閉門思過，正閒著呢。」

「啊？你做了什麼壞事嗎？」

「完全沒有啊，所以我不打算乖乖接受處分，畢竟機會難得，我就趁機享受一下，反正學校跟家裡都沒有我容身之處。」

最近不光是姊姊，連媽媽都動不動跑進我房間。託她們的福，我在家也過得神經兮兮，渾身不自在。我看這八成就是所謂的炒地皮，是想暗中催促我早點搬出去，去離島種蜜柑的日子可能不遠了。

「小子……你別說那麼叫人難過的話！你怎麼啦？有什麼困難不妨說說看。你聽好了，小孩子就是要多依賴大人！老了沒剩多少日子的我，和有著無限未來的小夥子，對社會的價值可是完全不同，你可千萬不要糟蹋自己。」

帥大叔的淚腺似乎很脆弱，他吸著鼻水，用那隻厚實的手摸摸我的頭。

「謝謝你關心我，不過我沒事啦，閉門思過只有一個禮拜，大哥哥你是在休假之類的嗎？」

「我嗎？我是來附近安排事情，畢竟這事不能完全交給別人，有個從他還是嬰兒就認識的傢伙終於要結婚了，我想幫他盛大慶祝一番。」

「恭喜？」

「你對著我說，我也不知該如何是好，總之多謝了。」

冰見山小姐的哥哥似乎也要結婚了，多麼可喜可賀，希望兩人迎接嶄新的未來能過得幸福，與他人攜手共度的未來，那對我來說太過耀眼。

「小子，你叫九重……雪兔是嗎？」

「你怎麼知道我的名字？莫非你有讀心超能力？」

「什麼蠢話！還不是你在風箏上大大地寫上名字，這自我主張也太強了吧？」

「我本來想畫畫，但想不到該畫些什麼，就想說寫上名字算了。」

我在白色風箏寫上【九重雪兔】四個大字，在自己東西寫上名字可是鐵則。

「……你，是個怪傢伙啊。」

「真奇怪，最近不知為何經常被人這麼說……」

「不過你看起來本性不壞，我好歹自認有點看人的眼光，對了小子，你肚子餓不餓？我請你吃飯。我們好好聊一下，像是你被罰閉門思過的事，如果你有空的話，隨時都能到我那玩，我教你如何殺魚跟捏壽司。」

「哦哦，這不正是被召喚到異世界時能派上用場的求生技能嗎！」

「我總覺得你被召喚了，應該也會立刻被放逐吧……」

「大哥哥你真清楚啊，難道你是從異世界歸來？」

「我這把老骨頭是要怎麼拯救世界！是我孫子就喜歡看這類東西，和他一起看動畫就不知不覺熟悉起來了，好了，我們趕快放風箏——一、二！」

我和帥大叔合作用力一拉，風箏便乘風高飛。

「哦哦哦哦哦！」

遠處守望著我們的觀眾也發出歡聲，看來他們似乎一直很在意。

推著嬰兒車散步的主婦，很顯然是在打混的上班族，中斷慢跑的人們，都不停獻上掌聲。

「我滿足了！這就是放風箏啊！」

「這本來是該在冬天放的啊……畢竟在這季節……」

正當我還感動著，忽然颳起一陣強風。

「咿哇啊啊啊啊啊啊啊！」

「喂，你要上哪!?小子你沒事吧!?」

◆

「英里佳，妳這下滿足了吧？將看不順眼的人趕出學校，這就是妳想做的事嗎！」

「騙人！妳騙我！睦月妳被他騙了！拜託妳醒醒——」

「該醒醒的是妳才對！」

祁堂會長逼近，一把揪住東城學姊的前襟。

「啪」的甩了一個巴掌，東城學姊頓時感到錯愕。

東城學姊的同學，只能愣著看向兩人。

看到這非比尋常的情況，使跟隨在後的我們也不禁緊張起來。祁堂會長和東城學姊，雖不清楚這兩人究竟是什麼關係，我只知道，雪兔肯定是被牽扯進去而已。

開學才沒幾個月，雪兔就成為了話題的中心，眾人對他的評價更是過分。停學處分本來就很少見，這導致處處都有人說他壞話。

而被捲入的還只是個一年級生，不論他是否犯錯，都自然會引人注目。所有人都只是出於好奇就隨口貶低他，這樣下去，雪兔就算復學了也會如坐針氈。

「那孩子，為什麼會在天上飛……？」

悠璃學姊看著手機不知碎念什麼。

對不起，悠璃學姊。我默默在心中謝罪。

一切都怪我，是我輕易依賴雪兔才害事情變成這樣，我知道不論怎麼道歉，妳都不會原諒我。

不過，我和他約好了。在約會那天，雪兔拜託了我。

我一定得想想辦法！我發過誓了，這次輪到我來救他！

「可是，我到底該怎麼做……只靠我一人根本什麼都……」

我焦躁如焚，情緒反反覆覆，我真討厭如此愚鈍的自己。

事到如今，我才終於正視自己有多麼沒用，我沒社交能力，從入學到現在，我只追著雪兔跑，沒有積極與他人建立關係。

雪兔在這種時候，總是能立即想到好點子。

我至今到底做了些什麼。這股無力感，使我忍不住落淚。

因為自己總是受人幫助，才沒有發覺這到底有多麼困難、辛苦且痛苦。

「冷靜下來，硯川燈凪，只要能幫助他，就算不是我親手幫忙也無所謂。我是敗犬女主角，既然如此，只要能幫忙任誰都可以，雪兔他就會不擇手段，那麼我也——」

我回想起雪兔的話，「別限縮自己的視界。」他曾這麼說過。

這是雪兔留下的足跡，不是什麼模糊不清的事物，更不像謠言那般不負責任。認識雪兔的人，接觸過雪兔的人，將會覆蓋雪兔的假象。

「——對啊，原來是這個意思……」

現在我才終於理解那句話的意義，打開視野，思路便自然清晰起來。

這正是光會依賴他人，只關注雪兔的我所欠缺的東西。

只要打開視野，我那些或許能稱作人生經驗的力量，就能打破僵局、力挽狂瀾。

雪兔他還說了什麼，快想起來，硯川燈凪！對了，雪兔他——

「硯川同學！」

「佐藤同學？」

「我受不了了！為什麼只有九重同學受罰，原因應該是我造成的才對啊！」

兩人向我奔來。我曾因她——佐藤小春的嫉妒所苦，而那其實只是無妄之災。

如今我並不懷恨，因為她的心情我感同身受。

她太過喜歡青梅竹馬，喜歡到不想把他交給任何人。

如今有宮原同學在一旁支持她，他們可說是理想的情侶。

「為什麼我會忘記……明明是我自己對雪兔說的。」

我曾看過太多汙穢的事物，才認為周遭都是敵人。

不過，事實並非如此，只要冷靜下來就能看清。

神代同學說過，願意和這樣的我當朋友。祁堂會長也是，悠璃學姊也是，佐藤同學也是，班上的大家也是，老師之中也有人願意幫忙。

明明就有許多人站在雪兔這邊，有這麼出色的兒時玩伴真令我自豪。

我對雪兔說過，大家一起思考，只有我一人悶著頭亂想是沒用的。

我們不需要非得犧牲某人的解決方案。

「佐藤同學，我有事需要妳的協助。」

「——嗯！要做什麼儘管說，這次輪到我們努力了！」

佐藤同學連想都沒想就答應了，現在她之所以堅強，是因為她不再是孤身一人。

「那個！大家聽我說。」

我向會長他們搭話，現在我沒必要隱瞞，因為雪兔總是陪伴在身旁。

這名兒時玩伴令我相信，自己能跨越任何困難。

「雪兔你等我——我一定會取回你的容身之處。」

不小心被大風箏給帶上天，這個經驗可是相當貴重。原來我是忍者啊，忍忍。
原來帥大叔不是大哥哥而是老闆。他親手捏給我吃的壽司堪稱極品，他的店裡裝潢沉穩洗練，與一般餐飲店有本質上的差異。而最重要的——
「……上網查也找不到，這其實是什麼邪惡組織嗎？」
即使藉助包羅萬象的搜尋引擎之力，也查不出這間店的任何資料。
那間店名叫【居待月】，就老闆說法是只會在特定日子營業的店，不過他又說隨時都能來玩，下次乾脆邀媽媽她們一起來好了。
「是說雪兔，你怎麼這時間還在這？今天不是要上學嗎？」
冰見山小姐一如往常地微笑，卻似乎感到擔心。
哪怕我現在正在閉門思過，也不可能完全不踏出家門一步，那樣反而更不健康。
老闆請吃完飯，我就想回程買點東西，卻碰到了遭遇率極高的冰見山小姐，才會演變成現在這情況。
不，碰到她是無所謂喔？只是這人的距離感莫名地……嗯。
「說來不好意思，我現在被停學處分中。」
「我烤了餅乾，你要吃嗎？」
「那我不客氣了，這也太好吃了吧!?」

「……停學處分，聽起來真不安穩呢。雪兔你做了什麼壞事嗎？」

「即使我的屬性絕對算是『邪惡』，我也不會做壞事啦。」

至於冰見山小姐的屬性應該是「妖精」吧。她整個人的氛圍就輕飄飄的。所以就屬性相剋來看，我豈止贏不了冰見山小姐，她根本是把我吃死，像今天她就坐在我旁邊，還理所當然地把手放我大腿上。

為什麼⁉為什麼要做這種事⁉哭哭。

先不管這些，反正沒理由隱瞞，於是我老老實實說明。

我要是有所隱瞞，最後都會導致誤會，使狀況變得更加混亂。我有從過往經驗上取得教訓，不會犯下相同過錯，果然誠實才是最好的。

所以能不能拜託妳把距離拉遠點⁉

「這算什麼嘛，實在是不可原諒！」

「冰見山小姐？」

「雪兔，你一定很難過吧……」

不知為何冰見山小姐抱住我，一股薄荷般的甘甜清香刺激我的大腦。

我怎麼最近老被人抱住，我可不是抱枕啊。

「我會幫你的，縣議員又算得了什麼？我才不允許那種小人物傷害我的雪兔。」

「不，那個、冰見山小姐，妳到底在說什麼？咦？我的雪兔？」

冰見山小姐站起身來，開始打起電話。我好像聽到她說哥哥還爺爺之類的話，我實在不想聽到檯面下究竟發生了什麼，反正我知道一定不會是好事，我的第六感如此細語，雖然我的第六感可是出了名的不準。

隨後，冰見山小姐笑呵呵地回到座位。

「雪兔，已經沒事了。」

「我總覺得不能問到底發生了什麼。」

「嗚呵呵呵呵呵呵呵，隨便冤枉人當然得好好懲罰一下啊？」

「青天大老爺，求求您高抬貴手！」

「別擔心，很快就會解決。」

「啊，這下肯定出事了。」

若想安穩度過人生，就千萬不可深究某些事物，這句話大概就是指這一類東西。

我九重雪兔，是個過石橋會瘋狂敲打橋面確認是否堅固，最後乾脆不過橋的男人。

我要揮別如此危險的人生安全過活！

「對了！雪兔，若你不嫌棄，能不能叫我一聲母親？」

「咦？我只有九重櫻花這一個母親……」

「不然叫我媽媽好不好？」

「不然是什麼意思!?意思根本沒變啊!?而且最近我母親也才剛轉職成媽媽——」

「我都幫忙雪兔了耶，好嘛？呼——」

「嗶咿——」

她在我耳邊吹氣。我被甜蜜氣息弄得暈頭轉向，雖然似乎不知不覺被她幫助，但對我來說現在這狀況才更危險。

而剛才幫助我的冰見山小姐，就這情況來看應該是不會幫我。

「像冰見山小姐這樣的美女，要是繼續對我做這種事，我的理性會……」

「嗚呵呵呵呵呵，沒關係喔雪兔。你想怎麼對我撒嬌都可以……來……你看？」

看什麼？咦？等等！妳想幹麼——!?

這情況實在是難以表述。

就沒有辦法能逃出這地獄桃花源嗎!?我如今已是窮途末路了。

是說還有個問題，那個，我什麼時候才能回去？

◆

剛才他坐的沙發上，還留有他的餘溫。

我以指尖輕撫，那股餘熱令我眷戀。沒想到自己還會渴求與他人接觸。

好寂寞，我無法與他人吐露心聲。歡樂時光轉眼即逝，雪兔一不在，我又會變回孤零零的一人，只能碌碌無為地過活。

「若是沒有與你見面，我就不必知道這種感覺了——」

我們突然再會，悔恨再次令我受苦，雪兔完全不記得我了。不過這並不是因為我們之間的事，對他來說微不足道。

我曾不經意地問他過去的事。

『我現在變得會立刻忘掉往事，反正都是些不好的回憶。』

我無法故作平靜，只能強忍淚水不被他看見，然而他卻慌慌張張地關心我，要是不知道就好了——他的那份溫柔。

知曉了，就只會留下殘酷事實。

我這個醜陋的惡魔，踐踏了他的溫柔犯下凶行。

水滴不斷流過臉頰，直到落在手上，我才察覺那是淚水。

我多久沒哭了……記憶太過模糊，已經想不起來了，不知何時，我的心被厚重冰層包覆凍結。

我以為像自己這麼冷漠的女人，是不可能再哭了。

為什麼我的內心會如此動搖，猶如感情又回來了一樣。

桌上放了一枚硬幣，這是剛才雪兔變魔術時用的，他本來握在手中，轉眼間就變到我這。

這是一枚帶來幸運的六便士硬幣，上頭印有英國女王頭像。

雪兔聽說我哥哥要結婚，於是特地準備了。

他說這是幾年前，他為了改運才買下的，結果聽說這得用在婚禮上，才不知道該如何處置。

我本來不肯收下，他卻硬是交給我，說自己沒有預定要用這個。

我想哥哥一定會很高興。

他和我不同，我希望他能獲得幸福。

我拿起戒指盒子，舉起硬幣。

「……雪兔，我也能夠變得幸福嗎？」

另一枚硬幣不是給哥哥，而是給我。

好羨慕。他或許是看穿我的心聲，所以一開始就準備了兩枚。

「冰見山小姐，希望妳也獲得幸福。」

他一臉爽朗地說著。比任何人都溫柔的他，或許又被他人滿不在乎傷害，因此受苦，就如同我過去的所作所為。

「我不會原諒她的……絕對不會。」

一股熊熊燃燒的怒火，以及不斷欺騙他的罪惡感湧上心頭。

我不認為即使是為了贖罪，也能夠做出這種事。

潛伏於陰影處的惡魔被光明照耀，再次回到檯面上。

或許這一切都是必然的，我要揮去黑暗，我絕不允許有任何人對我的光明出手。

她從小學離職，一度受挫後又再次站起，接受招聘考試成為高中老師，於是他們又見面了，真是命運弄人。

接著我也與他再會，我們忘記彼此的事，卻又被命運牽引。

「……這樣下去不行——這次要由我來保護你。」

這是忘懷已久的高亢情感，我任憑興奮情緒擺布緊握硬幣。

我心意已決，正如我不會放開他所給的幸運硬幣。

第六章「玻璃少年」

「我沒有生氣，可是，不能夠偷別人東西喔，你應該明白吧？所以乖乖道歉，好不好？」

她溫柔地告誡說，讓人險些就點頭答應。儘管她那蠱惑人心的甜美聲響衝擊耳膜，九重雪兔仍毫不猶豫否定她說：

「不是我做的。」

「那麼，為什麼會放在九重同學的抽屜裡呢？」

「我不知道。」

我是真的不知道，才只能這麼回答。

眼前教育實習生露出困擾神情。

其實只要這名叫九重雪兔的少年說聲抱歉，事情就落幕了。

事實上，我的確沒生氣，會做這種事，代表他對我抱持興趣，我甚至感到開心。

所以實習老師冰見山美咲才會後悔，自己不該在教室內質問這孩子，這麼做實在思慮不周。

「夠了！九重同學，為什麼你就是不肯老實承認？你所做的跟順手牽羊一樣是竊盜行為，是犯罪你知道嗎？如果你是大人，早就被警察抓走了！」

「是這樣啊。可是，真的不是我做的。」

「九重同學！」

「涼、涼香老師，請冷靜點。我沒生氣，只要好好解釋，九重同學一定能夠明白的。對吧？」

「不論妳說什麼，真的就不是我做的，所以我什麼也不會明白。」

「你快老實承認！不然我要聯絡你家長了！」

「請便。」

「九重同學！」

不論三條寺涼香怎麼大喊，眼前這位少年仍無動於衷。

他似乎缺乏做了壞事的自覺。

老師的工作不光是只有教小孩讀書，還必須教導他們辨別善惡。

三條寺涼香認為老師的義務，就是要成為孩子們的表率指引方向，才能讓他們耿直地成長，過上美好人生，迎接燦爛未來。

而那第一步就是在小學。

某種意義上，小學老師必須如家人般面對學生。

姑且不論藉由團體生活，逐漸建立起上下觀念的高年級，面對越低年級，就越得留意這點。

冰見山美咲在這個班級擔任實習老師，而九重雪兔抽屜裡發現了她的個人物品。打掃時間，學生搬桌子時，東西從九重雪兔抽屜裡掉出來才發現這件事。那並不是什麼昂貴的東西，也不會丟了就因此困擾，那只是個附了鏡子的粉盒，連化妝道具都稱不上。

至於動機，或許是因為他在意冰見山美咲，才忍不住拿了她的私人物品，正如同有些學生會一不小心把老師喊成媽媽，小學低年級的少年少女們，正值多愁善感的時期，因此對學生而言，老師是十分特別的存在，對他們抱持好感也不足為奇。

也因此，當初三條寺涼香和冰見山美咲以為這事就是如此單純。

課堂結束時，老師們在放學前的班會問他，只要他說聲「對不起」，再笑笑地摸他頭說「記得不能再犯喔」，事情就告一段落了。

這不過是能夠一笑帶過的小事，本來應該是如此。

他卻與我們的預期相反，正面否定說自己沒有任何過錯。如此一來，事情就完全不同了。

身為教育者，必須開導學生，將他們引向正途。

偷東西是壞事，只要這名叫九重雪兔的少年沒有理解這個觀念，就有可能會犯下相同錯誤。

若是這樣，他的人生將黯淡無光，身為班導以及一名教育者，絕不會允許這種事情發生。

三條寺涼香對此抱持著強烈的使命感，冰見山美咲亦是如此。

可是不論如何循循善誘，他就是不願道歉。

豈止如此，他還不承認罪行，即使逐漸感到不悅而放聲大吼，九重雪兔仍面無表情，一臉稀鬆平常地承受下來。

「那我真的要叫家長了！你確定嗎⁉」

「妳好煩喔。」

「涼香老師，沒必要做到那種程度……」

「既然我們說不聽，那就只能找家長來指責他了。九重同學所做的事是犯罪，他現在就這副嘴臉，未來肯定會變本加厲。」

「可是……」

「美咲老師，溫柔確實是優點，但光是溫柔是無法勝任教師工作，妳想當個出色的老師對吧？」

「是……我喜歡小孩。」

「那麼妳就應該要狠下心來。」

「是……這樣嗎？我真的不希望把這件事情鬧大。」

現在還在放學班會途中，全班同學都被留下，硯川燈凪已經開完班會在教室外頭等待，神情忐忑不安。

「說完了嗎？小燈在等我，我想早點回去。」

「還沒結束！你快點乖乖認錯！」

「認什麼錯？」

「你聽好了，九重同學，偷別人東西是做壞事，你這麼做就是小偷，這種行為是不被允許的。」

「妳剛才已經說過了，我也說了不是我做的，所以我不知道。」

「美咲老師，聯絡他的家長吧。」

「涼香老師……真的只能這麼做嗎……」

「已經可以了嗎？小燈還在等我，我先走喔。」

本能立刻結束的班會，忽然瀰漫著動盪不安的氛圍。

還有幾個同學耐不住性子大喊：「小偷！有小偷——！」

三條寺涼香和冰見山美咲開始後悔，她們不該在教室提起這件事，自己犯下了無從收拾的過錯。

小學生的神經相當纖細敏感，這一點本來能馬上結束的瑣事，只要時間拖久，就會深深烙在他們的腦海裡。

如今「九重雪兔是小偷」這想法在班上蔓延開來，這樣下去怕是會演變成霸凌。這件事，本該把他叫去教師辦公室或空教室個別處理。

對他而言，即使他裝作一臉無所謂，被叫到全班面前指責，肯定會感到受傷。在全班面前逼迫他認錯實在是太失敗了。若是把他找到其他地方質問，他說不定就會老實承認，他現在不過是感到丟臉，才會這麼固執。

兩人理解到事情變成這樣，全因自己的對應方式太過天真。

三條寺涼香不禁自責，自己想得太簡單了，但她只是個經驗尚淺的老師，不可能所有事都能妥善處理。

這麼追究下去不是辦法，最後她只能如此處理。

「九重同學，你回家聽父母說自己到底做錯了什麼。」

兩人並不是討厭九重雪兔，正因為把他當成寶貝學生，前途無可限量的少年，才會如此為他操心。

三條寺涼香和冰見山美咲不安地看著九重雪兔走出教室的身影，並希望她們的想法能傳達給這名學生。

「小燈抱歉，讓妳等那麼久。」

「不會，沒關係。她們好過分！小雪怎麼可能會做那種事！」

硯川燈凪站在走廊上，雖然沒掌握事情全貌，仍看到一部分經過，她氣得用力甩動牽著雪兔的右手和反邊左手。

「小燈相信我嗎？」

「我當然信！我跟小雪從小就玩在一起，我當然知道小雪不可能會做壞事。」

「謝謝妳，小燈。」

「欸嘿嘿。」

她莞爾一笑，令九重雪兔的心情輕鬆不少。

「不過，為什麼會放在我抽屜裡啊……」

「不知道，可能撿到的人以為是小雪的東西？」

「嗯——那個不是女生才有嗎？」

「那個媽媽也有！」

「對啊。」

兩人總是一起上下學。他們閒話家常，聊著聊著就到達目的地。這是一如既往的日常生活，但九重雪兔最喜歡這段時光，認為這是他的寶物。

忽然間，他察覺到不對勁而止步。

「咦？」

「小雪怎麼了？」

「冰見山老師說那是昨天放學時不見的。」

「是嗎？」

「嗯，可是好怪喔。我昨天一放學就跟小燈回家啦。」

「我們還一起去公園玩！」

「那果然不可能是我偷的嘛。」

既然粉盒是在昨天放學被偷，那自己就不可能是犯人。

「是啊！小雪昨天都跟我在一起！」

「跟小燈回家後，我們就路過平時那幾間店嘛，還碰到山本爺爺。」

走在人來人往的路上，自然會碰到形形色色的人，其中有陌生人，也有帶狗散步的鄰居或商店店員。那些昨天見到的人，都能證明自己不是犯人。

「回家後，就來做行動紀錄吧！」

「小雪，你又想到什麼點子嗎？」

「嗯，今天沒辦法跟小燈玩了，可以嗎？」

「我也來幫忙！」

「沒關係啦小燈，不會花太多時間，而且今天放學太晚，改天再玩吧。」

「好吧……」

硯川燈凪當時還是個天真無邪的少女，她的雙馬尾自然垂下，彷彿呈現心中失望。

回到家，兩人便依依不捨地將牽著的手放開。

離別時總會感到些許寂寞，但對方留在手心的溫度，猶如告訴自己不需要消失，可以待在這裡，所以九重雪兔最喜歡這段時光了。

「那小燈，明天見。」

「嗯，小雪拜拜！」

他只能滿心想著，希望能永遠牽住對方的手。

過了晚上八點，電話響起。

九重雪兔知道這是誰打來的，而母親九重櫻花也回家了。

九重櫻花接了電話，神情逐漸困惑。

他從偷聽到的對話中得知對方是班導三條寺涼香，姊姊九重悠璃也一臉詫異地看著母親的樣子。

電話掛斷後，不知該從何講起的櫻花終於開口。

本來家庭之間的對話就不多，除了必要的事情外，幾乎不會說話。

一切的原因都在九重櫻花身上，這點她有所自覺，也因為如此，她變得不知道該如何面對九重雪兔這個寶貝兒子，就連該如何對他搭話都不清楚。

她不知道該如何面對小孩，所以才會犯錯。

即使她不是真心這麼想，也並不想說出這種話。

「雪兔，剛才的電話，是班導打來的，你偷了實習老師的東西嗎？」

「什麼意思？」

悠璃無法掩飾心中不安，眉頭深鎖碎念道。

「我沒偷。」

「可是老師是這麼講的。今天發生了什麼事？能告訴我嗎？你有想要的東西能跟我說，我都買給你，所以你不能偷東西喔？」

「不行，妳這樣——！」

悠璃急忙打算制止，卻只是徒然。

「這樣啊，妳果然不相信我。」

九重雪兔小聲嘟囔，彷彿只是再次確認事實。

眼前的九重雪兔和平時一樣，聲調沒有抑揚頓挫，沒有任何感情。

而櫻花和悠璃聽到這句話，就清楚理解她們不該這麼做，自己又犯下了錯誤。

很明顯的，打從開口第一句話就選錯了。

「對不起給妳添麻煩。我沒有偷任何東西，也沒有想要的東西，這件事我會馬上解決。」

他起身離開客廳，打算回自己房間。

「等、等一下！不是這樣的，我只是想聽你說，並不是懷疑你——！」

「雪兔，我相信你！我知道你不會做那種事！」

「不用勉強自己相信啦。」

「我沒有勉強自己！我無時無刻都很關心你——！」

「是嗎，謝謝。」

他的話語與態度相反，離去的背影表現出拒絕對話，現場只剩空虛。

兩人不清楚究竟發生了什麼，只能茫然呆在原處。

假如一開始就相信他，他或許就會開口說明，或許就會向自己求助。他說沒有偷，那麼事情經過又是如何，只要問清楚就能明白雙方說詞不一。

身為家長，應該要詢問小孩原委，並從中協調。然而，她卻以兒子偷了東西為前提。

本來她這個母親，得站在小孩那邊才對，最後她又背叛了兒子。

即使後悔也太遲了，他甚至說出「妳果然不相信我」這種話。

意思是他打從一開始就不認為媽媽會相信他這個兒子。

事實就如他所述，自己的確不相信。最諷刺的莫過於兒子也十分清楚這點。

「為什麼妳每一次、每一次、每一次、每一次都這樣！」

悠璃也氣得回自己房間。

悠璃也深深受傷，心中挫折感無從發洩，家庭關係進一步破碎。

一切都是自己造成的，家庭無法團圓，無論何時都無法將心中想法傳達給對方，只能任由思念徒然空轉。

「他說會馬上解決……他到底想做什麼？」

兒子總是言出必行，他一定會獨自將事情扛下來解決。而我不會明白，也不會得知發生了什麼。

因為沒必要依賴不相信自己的母親。

那我到底為什麼在這，又能為他做些什麼？

「明明連相信他都辦不到了，哪能為他做些什麼……」

所謂的母親，竟然是如此無能為力。

「雪兔……」

即使將這心愛的名字說出口，現場也無人應聲。

「好！」

我不禁擺了個指向紙張的奇怪姿勢。

我憑藉記憶把昨天的行動紀錄寫在用剩的圖畫紙上。

我想說反正都要寫了，乾脆不光是放學後，連同昨天一整天的詳情都寫出來，包含什麼時間在哪，或跟誰做些什麼。

只要看了這個，就會知道自己不是犯人，或是只要詢問那些見過面的人，自然就知道我放學後不可能去偷東西。

九重雪兔心想，就算不清楚是誰為了什麼目的把東西放在自己抽屜，只要老師知道不是自己做的就好了。

「這得感謝小燈啊。」

之所以想做這東西，是因為青梅竹馬硯川燈凪相信我，只有她願意相信我，所以我才想證明自己是無辜的。

不論任何時候，世界總是充滿敵人。

那怕是這樣，只要有一人願意相信我，我就活得下去。

她就如同沙漠中唯一一顆寶石般珍貴。

手心感受到的溫度，是九重雪兔至今仍沒放棄生存的理由，也是他唯一的存在意義。

認為這樣就能解決問題，便放心入眠的九重雪兔並不知道。

——惡意總是在不知情時悄悄蔓延，而他絕對無法擺脫。

我和硯川燈凪一起走向學校。

姊姊討厭我，即使我們上同所學校，也不會一起上學。

一早，媽媽櫻花似乎想說些什麼，卻低頭不語，而九重雪兔也並不想聽。

我穿過校門，走到鞋櫃時察覺異狀。

「室內鞋呢？」

「小雪怎麼了？」

先換上室內鞋的硯川燈凪走向我，並窺探我看向的地方。

「好像被藏起來了。」

「咦！怎怎怎怎、怎麼辦小雪！」

硯川燈凪擔心地說。她慌張得手足無措，雙馬尾晃來晃去。

鞋櫃上貼著自己名字，室內鞋卻不見了，這裡面不應該空無一物才對。

既然不是自己弄丟，那就一定是被藏起來。

這在學校經常發生，弄丟了就得再買，而他並不想拿這種事麻煩母親。

這顯然是某個同班同學為了整我而做的。

這種事只要一開始就不會結束，整人的或許只是覺得好玩，但被整的人心中憎惡會無窮盡地增長，並擔心每天上學又被人做些什麼，與身處地獄沒有分別。

不過這卻使九重雪兔感到舒暢。

因為他很清楚，大家總是否定、拒絕他。

他對這種事習以為常，甚至認為是理所當然。

無論何時何地，眾人都會對他惡意相向。

所以做的事總是相同。

既然這種事不會停止，那麼自己終結就好。

只要把一切連結都斬斷就好。

把這令人厭煩的世界，一切都——

「小雪！」

我什麼時候閉上眼睛的，一回神發現硯川燈凪的臉在我面前，她淚眼汪汪地直視著我，神情看似悲傷。

「小燈？」

九重雪兔不明白為何發生這種事，只是念著她的名字。

「小雪，你不會不見吧？」

「我就在這啊……」

「我不知道，可是我不要小雪不見！」

硯川燈凪並無法理解這份心情。

卻順從本能緊緊握住他的手說：

「我們一起找吧？」

不要去任何地方，不要消失不見，她為了不失去這位青梅竹馬，緊握對方的手，確認對方仍在身邊。

為什麼啊？

為什麼她會如此——

不希望我消失呢？

我心中的某種事物正在吶喊。

想告訴我些什麼。

九重雪兔無法明白那是什麼，大腦強制將這份感情蒙上一層迷霧隱藏起來。究竟是何時開始，思考和感情的連結斷開，遲遲無法重新繫上。

明明無法理解，為什麼還會被她的話語所吸引？

「小燈，我沒事的。我的精神，就跟星期天早上超級英雄時間出現的紅戰士一樣強大。」

「小雪好厲害——！」

硯川燈凪瞪大圓滾滾的雙眸驚訝地說。

九重雪兔放棄被關閉在思考監獄的感情，嘆氣說：

「不用找沒關係啦，我能讓藏起來的人拿回來。」

「這種事做得到嗎？」

畢竟無法穿襪子入內，於是我換上外賓用的室內拖鞋。

「我馬上就解決。」

九重雪兔對青梅竹馬說出與昨晚相同的臺詞，接著走向教室。

一到教室，他就馬上察覺異狀。

他的桌上被人塗鴉，上頭寫著「小偷」「犯罪者」之類的謾罵。抽屜裡的教科書還被拿出來畫滿塗鴉，變得破破爛爛的。現在是五月中旬，才剛換新教科書兩個月不到，就變得殘破不堪了。

「妳知道是誰做的嗎？」

他詢問坐在隔壁的風早朱里。

風早朱里這女生因為坐在雪兔隔壁，平時總會積極向他攀談，課堂上碰到不明白的地方，風早也會經常向雪兔請教。

「偷別人東西實在太差勁了！你怎麼不早點去死。不准偷我的東西。」

她如此罵道。眼神中浮現出顯而易見的厭惡與侮蔑。

周遭能聽到竊笑聲，還有人附和說「白——痴」「嗚哇，是小偷」「怎麼辦，東西要被偷了」。

九重雪兔一語不發坐回座位，同學們或許是覺得這麼做相當痛快，使得罵聲的音量和密度不斷增加。

沒過多久，班導三條寺涼香和實習老師冰見山美咲進到教室，謾罵聲便瞬間止息，彷彿什麼事都沒發生過。

開早上班會前，九重雪兔不等三條寺涼香說話就先開口。

「老師。」

「怎麼了，九重同學？」

九重雪兔感受到，她那是看著礙事者的厭煩眼神，而冰見山美咲也用相同視線看向他。

「今天我的室內鞋不見了。」

「咦！」

她才急忙往下看，九重雪兔現在穿的是室內拖鞋。

三條寺涼香和冰見山美咲看了不禁皺眉，她們認知到是自己的輕率行動，導致學生們開始霸凌他。

她們應該仔細思考再行事，不過事到如今，都已經後悔莫及了。

三條寺涼香露出嚴肅尖銳的表情環顧教室。

「是誰把九重同學的鞋子藏起來？」

嘲諷笑聲頓時響徹了教室內。

「不知道——因為他是小偷，所以才會遭小偷吧。」

「小偷都會說謊，他應該是在騙人吧？」

「別說了！」

三條寺涼香制止道，可惜惡意早如崩潰水庫、決堤河川所湧出的洪水一般，吞噬了整個班級。

是誰在嘲笑他，還是所有人都有份。

惡意不斷增幅擴散。

他是霸凌了也無所謂的人。

是可以傷害、鄙視的人。

全班都產生了這樣的共識。

冰見山美咲臉色蒼白。

既然當了老師，就無法避免處理霸凌問題。任誰都有可能面對這個難題，應該說對霸凌視而不見的人，根本沒資格當老師。

或許有人會說把麻煩事視而不見帶過，才算是合格的老師，不過這樣真的有辦法抬頭挺胸說自己是教育者嗎？

三條寺涼香身為一名教育者，冰見山美咲身為想要成為老師的人，絕不能放過眼前發生的問題，也不能讓班級失控，這是她們倆的共識。

三條寺涼香出聲制止喧鬧，此時九重雪兎插嘴說：

「我等到午休，請把我鞋子藏起來的人到我面前自首。還有在我桌子和教科書上塗鴉的人也要來道歉。如果有人知道誰是犯人，也請告訴我。我再說一次，時間限制是午休。」

他如此警告全班同學，大家聽了便用力嘲笑。

「如果午休前沒自首你又能怎樣啊——」

高山幸助呵呵大笑嘲諷說，而跟高山混在一起的調皮鬼們也紛紛數落。全班不論男女都笑個不停，好像發現一個有趣的玩具。

當然，並不是所有人都被惡意渲染。

不過個人的抵抗力，在這瞬間蔓延開來的氛圍中實在是無能為力。名為同儕壓力的暴力，使得所有人都無法裝作置身事外，最後也變成了加害者。

在這當下，九重雪兎露出毫無情感的眼神靜靜宣告：

「那麼所有人都是我的敵人了。」

也不知這句話有什麼有趣的，全班哄堂大笑。

第一堂變成自習課。

三條寺涼香把九重雪兔叫到空教室，冰見山美咲當然也陪同在旁。

「九重同學，你還好嗎？」

「什麼還好？」

「你還問我……」

三條寺涼香和冰見山美咲正猶豫該對他說些什麼，即使看似一臉沒事，但他內心肯定受傷。輕率地在學生面前指責他，竟成了霸凌的導火線，兩人為此深深自責。

「九重同學你別擔心，我們會好好保護你的，等我們談完，就回班上把鞋子找出來吧。」

「我也會幫忙的，好嗎？」

「妳們不用找沒關係啦。」

「這可不行，你不要那麼固執，相信老師好嗎？」

「老師又不相信我，是要我怎麼相信老師。」

「九重同學！」

兩人被一語道破，表情不禁扭曲。

九重雪兔無視兩人反應，面向冰見山美咲說：

「冰見山老師，妳的東西是什麼時候不見的？」

沒想到他會在這種場合提問，冰見山美咲內心動搖回覆：

「應該是前天放學，怎麼了嗎？」

「妳確定嗎？」

「是啊，我想應該沒錯……」

因為不知道他究竟想打聽什麼，只好照實回答。

「真奇怪，那天我和小燈……三班的硯川燈凪放學後就立刻回去玩了。既然如此，我是要怎麼偷東西？」

「咦……？是、是這樣嗎？那麼應該是在第五堂課的時候不見吧——」

「妳剛才不是說放學嗎？老師妳說謊了嗎？請妳不要隨便亂說話。」

「我、我沒有說謊！」

三條寺涼香見狀便打岔說：

「九重同學，你怎麼還在講這些！你不要逞強了，乖乖認錯，你父母也罵過你了不是嗎？」

「她又沒理由罵我。」

「我知道是我們不該在大家面前說那種話指責你，可是你看，這裡只有老師們在，九重同學，你就老實認錯吧。你聽好，你只要在這道歉，事情就結束了，老師會站在你這邊，也會找出把你鞋子藏起來跟塗鴉的人好好教訓，我們保證不會差別待遇或見死不救。」

這樣你應該懂了吧？

三條寺涼香說個不停，那樣子就如同開導不聽話的小孩。

「九重同學，我沒有生氣，美咲老師也是站在你這邊的。如果你喜歡我，那老師真的很高興，不過偷別人東西是不對的喔？」

如此溫柔的話語，卻是九重雪兔極度厭惡的事物。

「啊哈哈哈哈哈，沒有人是站在我這邊啦。」

「就是因為你擺出這種態度，鞋子才會被藏起來！為什麼你就是不懂！」

九重雪兔無視三條寺涼香的怒斥，拿出自己帶的圖畫紙攤開。

「冰見山老師，我再問一次。東西到底是什麼時候被偷的？妳看這個，這張紙上寫了我前天的一切行動。只要看了就知道我不是犯人——」

「——你夠了沒！」

三條寺涼香甩了一記耳光。

雪兔手上的圖畫紙也順勢被扯破。

「九重同學！」

冰見山美咲急忙扶住搖搖晃晃的九重雪兔。

三條寺涼香一瞬間回了神，自己竟然忍不住施以體罰。

以前大家都將體罰視為理所當然，但現在的教育界並不允許這種行為，她無法為此行為找藉口，如果被提告，會對她的教師生涯造成致命影響。

她太過感情用事，也不知為何，在這名叫九重雪兔的少年面前，她的內心總是躁動不安，這或許是被他那轉眼即逝的氛圍所影響。

「啊——啊，我難得昨天努力做了這個耶——」

九重雪兔將裂開來的紙張撿起，揉爛後隨手一丟。

「原來如此，我終於明白了，是我不對。」

他終於道歉了。

三條寺涼香聽到這句話，立刻驚覺自己也必須認錯。

這是當然的，不論理由為何，都不能對學生施加體罰。如今在思考社會責任或自保之前，必須對自己行為道歉，才稱得上是一名大人。

「我也太過感情用事了，對不——」

「原來對老師們而言，真相一點都不重要。必須把我當作犯人才會對妳們有利。打從一開始這麼說清楚不就好了。」

令人發寒的冷澈聲音在空教室迴盪。

九重雪兔本來就是個難以捉摸的學生，不只看不清他的思考邏輯和情感，甚至連在想些什麼都不明白，不過卻十分擅長讀書和運動。是個不可思議的學生，三條寺涼香僅對他有著如此認知，而只有短期間接觸學生們的冰見山美咲，也是抱持類似看法。

「你在說什麼——」

「這不是弄得我做這種東西跟白痴一樣嗎？啊，對喔，以為說清楚妳們就會懂的那時，我就已經是白痴了。」

「——唔！」

三條寺涼香和冰見山美咲看到他的眼神不禁倒抽一口氣。

他的眼神深沉、黑暗，既汙濁又純粹，彷彿令人墮入無盡深淵一般。

「原來事情這麼簡單，是我不對，我根本不該把妳們當成老師，對不起。」

至今拒絕道歉的九重雪兔稀鬆平常地說著，好像那是再正常不過的話。

不過，那句話卻是——

「原來妳們也是敵人啊。」

徹底的訣別。

九重雪兔一臉沒事地走出空教室，三條寺涼香雖然想叫住他，卻不知道該如何開口，在她猶豫不決時，九重雪兔已經離開了。

「為什麼事情會變成這樣……」

冰見山美咲悲嘆地說。不應該是這樣才對。

前幾天還過得非常開心，教師這個職業令她非常充實，她甚至認為這是自己的大職。而她對這個教導小孩的職業所抱持的憧憬，在短短兩天內就徹底粉碎了。

忽然間，九重雪兔丟棄的紙張映入眼簾。剛才明明連看都不看一眼。

她踉踉蹌蹌地走向被揉成一團丟棄的圖畫紙，拿起攤開來一探究竟。

而冰見山美咲立刻就察覺，這張紙所代表的意義。

「涼、涼香老師！妳快看看這個！」

三條寺涼香也精神疲憊。儘管現在才上午，她的疲勞卻已達到顛峰，而勞神過度也一併削弱了體力。自己對學生施予體罰，還有他最後說的話，在腦中揮之不去。

她心不在焉地看向冰見山美咲攤開的紙張。

「這是前天的……？等、等等！不可能啊！」

那張圖畫紙上詳記了前天發生的事。

上頭記載了九重雪兔的一整天。一早和誰一起上學，上課時間，休息時間，甚至是放學後跟誰在一起、見到誰、去了哪。寫得清清楚楚、一目了然。

可是，真的有人能如此詳細記住自己的行動嗎？

這上面寫得太過詳盡，完美到讓人不禁懷疑是捏造的。

這和隨便寫寫的暑假行程完全無法相提並論。

不過內容的絕大部分，都與兩人的記憶相符。

換言之，紙上寫的內容無庸置疑是真實。

三條寺涼香顫抖的手在紙上滑過。

放學後，那天只上到第五堂課。

十四點四十五分，上面寫他與一名叫硯川燈凪的少女一起放學。就連放學時的詳細經過都寫了出來，實在恐怖。

「不是九重同學做的？等一下，既然如此是誰、是誰偷的!?我到底做了什麼，我竟然把他的話給——」

「美咲老師，請妳冷靜點！」

我不願正視，滿腦子只有希望這全是謊言的差勁想法。如果這張紙上寫的是真的，他根本不可能有辦法偷東西。

「這、這個！美咲老師妳看！」

三條寺涼香指著紙上一條內容。

上面寫著放學前，見到事務員瀧川並打了招呼。

「得趕快確認！我們立刻出發！」

「好！」

她們坐立難安，脖子好像被真綿勒住一般。三條寺涼香和冰見山美咲現在才終於想到，自己是否犯下了最根本的錯誤。

現在變成自習課，不快點回教室可能班上又會鬧起來。不過現在最重要的，就是確認真相。這是最優先事項，若沒確認清楚，兩人將不敢再次面對他。

平時總是耳提面命說不能在走廊奔跑的兩人，如今自己卻跑了起來。

三條寺涼香在心裡自嘲，並感受到決定性的毀滅即將逼近。

「瀧川先生、瀧川先生在嗎！」

年輕女老師衝進事務室，瀧川看到她那猙獰的模樣不禁嚇了一跳，接著一面心想自己做了什麼錯事，一面問說：

「有、有什麼事嗎？」

「瀧川先生，前天放學時，你有在鞋櫃附近見到學生嗎？」

「學生嗎？是碰到好幾個沒錯啦……」

面對三條寺涼香不著邊際的提問，瀧川只能含糊以對。

「啊、呃，我不是這個意思，你有見到這孩子嗎？」

三條寺涼香拿起附帶大頭照的學生名冊給他看。

「啊啊，他啊。他和一個女生要好地手牽著手回家啊。」

「那、那是幾點的時候⁉」

「我記得是打鐘後沒多久的事，應該是下午三點前吧，他回家前還跟我打了招呼。」

「怎麼會……有這種事……」

這宣告有如死神鐮刀，那鋒利鐮刃正抵著她的喉嚨。

殘酷的事實擺在眼前，冰見山美咲眼淚決堤坐倒在地，三條寺涼香也是相同心情，但她身為教師的經驗與自尊支撐著她，讓她明白自己沒資格這麼做。

「發、發生什麼事嗎？」

不知情的瀧川急忙扶起冰見山美咲。

一切全都錯了。

打從一開始他所說的都是正確，而自己則是全部錯誤。

為什麼？哪怕只有一下都好，為什麼不願聽聽他的說詞？

為什麼沒考慮到可能是其他人做的嫁禍給他？

我們徹底否定他，堅決否認他說的一切。

他都特地在紙上詳細記錄自身行動了。

即使如此我還是不相信他。

於是，他與我訣別，捨棄了我。

事到如今才後悔莫及，都已經太遲了。

午休時間。

從早上就沒人和九重雪兔說話，直到現在。

當然，他仍是穿著室內拖鞋，室內鞋依舊沒還回來。

因為九重雪兔特地指定了中午做為時間限制，所以大家自然決定在那之前都無視他。到處都能聽到纏人的竊笑聲，也有人對他投以鄙視眼神。

坐他隔壁的風早朱里將桌子整個拉遠，也不知道是故意整他，還是單純不想靠近他，不論她怎麼想，九重雪兔都不在乎，因為她也是敵人。

「時間限制到了，開始吧。」

九重雪兔碎念道，並走往鞋櫃。

他從掃除用具櫃中取出垃圾袋。

不會有學生在這時間來玄關。九重雪兔把全班同學的外用鞋隨便塞進垃圾袋，最後不夠塞，只好用兩個垃圾袋。他用肩膀扛起垃圾袋走著，那模樣就像是不合時宜的聖誕老人。

最後他走到中庭，說是說中庭，其實也不太大，並不是能讓小孩盡情遊玩的空間，而九重雪兔的目的地是中庭池子。

「嗯——光是這樣不夠嗎？對了，塞點石頭吧。」

他撿起一旁石子塞進垃圾袋，塞到垃圾袋變得有點重。

接著把垃圾袋口打結，直接丟入池裡。一瞬間，大量鞋子隨著垃圾袋沉入池底。而垃圾袋畢竟不是密封的，水立刻就滲入袋中。

「嗚哇，好慘。」

沒人會想穿被水弄溼的鞋子，那感覺黏黏的非常噁心。

雖然他如此心想，卻沒為今天同學該如何回家感到操心，他沒興趣也不想知道。
因為那幫人不是同學，而是敵人。
玻璃少年所映照出的。
就是惡意要以惡意相向，這麼做就夠了。
「無論何時，把所有人當敵人看待就好。」
這是他所知道的唯一正確答案。

「小雪，今天能一起玩嗎？」
一早放學路上，少年少女並肩走著。
青梅竹馬硯川燈凪用渾圓大眼看向一旁的少年說，少年發現握住自己的手有些用力。
「對不起喔，小燈。昨天忙著做事沒空。」
「小織說她也想跟小雪玩！」
「今天應該有空玩吧？」
「好耶！」
雙馬尾上下彈動。小織是指硯川燈凪的妹妹硯川燈織。既然硯川燈凪是青梅竹馬，那麼硯川燈織應該也算。
硯川燈凪笑容滿面地走著，心情十分愉快。她的話語總是直率，內心溫暖表裡如一。這名直率表達情感的少女，無論何時都站在少年這一邊。

九重雪兔心想，為什麼我非得處理這種無聊的麻煩事？敵人和友方，優先考量的當然是友方，而他卻總是得犧牲跟小燈玩的時間，去陪敵人胡鬧。

陪敵人胡鬧這種事毫無價值，多麼地、多麼地浪費時間。

「得快點處理完。」

「？」

硯川燈凪也聽到了這句話。雖不明白這話的意思，不過她並沒有反問，因為身旁少年的著眼點總是與她不同。

即使是青梅竹馬，也沒必要理解少年這個外人的一切，重要的是兩人心心相印。自己心繫對方，對方心繫自己，只要相信這點，就不會產生任何不安。

硯川燈凪看九重雪兔踏著碎步取回外賓用的室內拖鞋，表情頓時蒙上一層陰影。

「小雪，還沒找到室內鞋嗎？」

九重雪兔穿著室內拖鞋，就表示被藏起來的室內鞋至今仍未找回。

「嗯？不用在意啦，今天就會找回來了。」

「……這樣啊。嗯，一定會找回來！」

她的大眼直盯著少年。少年表情總是一成不變，即使如此她也明白，只要他說今天會找回來，那就不會錯了。

硯川燈凪從不懷疑九重雪兔所說的話，因為她相信雪兔，因為雪兔說的話從沒出錯，所以一定沒問題。

其實她很想現在就一起去把室內鞋找回來，不過既然他這麼說，那自己也就相信。

這就是──兩人之間的信賴。

「小雪，我們走吧！」

硯川燈凪不會放開這隻手，因為她能理解，不放開對方是自己唯一能做到的事。這時的她能明確感受到，這其中並沒有什麼道理，也不知是小孩的純真心靈所致，還是本能得知的。

總之現在這個瞬間，少女與少年心有靈犀，能比任何人都正確地理解他，並做出正確選擇。

而她迷失自我，是再久一點以後的事了。

九重雪兔踏入自己教室的瞬間，就感到龐大惡意直刺在身上，他看向自己桌子，那慘狀遠比昨天還要過分。

書桌和教科書上寫的已經不是塗鴉而是誹謗。而母親所做的布袋則被剪刀之類的利刃剪得面目全非。

「喂，你這渾蛋！你竟敢把我們的鞋子丟進池子！」

正當九重雪兔心想「又要給媽媽添麻煩了」時，聽見不知道哪個人在嚷嚷什麼。此時三個男生走近。

這人是叫高山嗎？過去和他沒有太多交集，對他只有這點印象，也不知為何他會怒氣沖沖。

「是你做的對吧！」

「鞋子整個溼了！害我們都無法穿回家！」

「什麼意思？」

九重雪兔完全忘了，因為他昨天整個忙過頭。

他沒和硯川燈凪玩，四處跑來跑去，弄到很晚才回家，回家後又忙著做各種準備，到頭來甚至不記得自己做了些什麼。

「是你把鞋子藏在池子裡對吧！」

「……啊！原來發生這種事啊，我不知道。不會是小偷做的吧？」

他終於想起自己好像有做過這事，但仍裝傻不認。這些都是小偷做的，既然自己的室內鞋是小偷藏起來的，那這次也肯定是如此，一點也不奇怪。

「少開玩笑了！」

「不是小偷藏的嗎？我可不知道喔。」

並不是只有這三名男生對雪兔的回覆感到不滿。

現場不論男生女生，都對他投以厭惡侮蔑眼神。

敵意變得更加尖銳，使得原本勉強維持的均衡徹底崩壞，就如注滿杯子達到表面張力的水溢出一般。

「打他！」

不知道是誰喊的，似乎是女生的聲音。不過即使這女生沒喊，肯定也會有某個人說出相同臺詞，又或者是眼前男生早一步忍到極限，差異並不大。

「可惡！去死吧！」

高山、橋本、北川三人一起動手毆打，沒人願意勸阻。

九重雪兔毫無還手之力，而同學們眼中充滿著期待，在一旁愉快地看著。這傢伙真讓人不爽，既然是異物就要排除，這對少年少女們來說是絕對正確的基本原理。

是這傢伙把我們的鞋子丟去泡水，那麼全都是這傢伙的錯。

做錯事的是九重雪兔，所以九重雪兔是邪惡，也就是敵人。

「住手！不是我做的！好痛！」

九重雪兔哀求道，但暴力沒有終止跡象。

「少囉嗦！我們不需要像你這樣的人！」

「小偷去死！」

數人的暴力襲向九重雪兔。

高山幸助等動手的男生，看著九重雪兔只能抱頭縮成一團，毫無還手餘地的模樣，不禁興奮高亢。腎上腺素飆升，更進一步破壞了理性這個煞車器。只要一開始就停不下來，也無法駕馭。

自己所作所為乃是正義，就連同學們也支持我。

高山幸助無比愉悅。對方是犯罪者，還是把我們鞋子丟進池子的壞人，星期天早上的超級英雄時間裡，五人戰隊也會圍毆敵人。所以我是正義，邪惡是犯罪者九重雪兔。不需要理性來阻擋我們。

「不是我做的！好痛！住手！」

同學們哈哈大笑，還無情地吆喝道。

「繼續打！」「把他揍扁！」看來弄溼鞋子的仇讓眾人太過氣憤，沒人出來阻止暴行，而高山他們也不能自制。

有些人不願牽扯進去，也有人認為事不關己，不過在這充滿惡意的氛圍中，這麼想並沒有任何意義。

高山幸助透過虐待獲得了滿足感。自己是絕對強者，才能夠虐待他人，我很強，我擁有力量，是君臨弱者之上的王者。他沉醉於毆打眼前這個火大的傢伙，藉此認為自己無所不能。

自己是支配者，即使小學低年級並沒有校園階級這樣的觀念，但現在顯然正逐漸確立起來。

人並不平等，弱者不允許違逆強者，此乃這個世界不可撼動的規則。

「好痛！住手！不是我做的！」

此時，忽然有種不對勁的感覺，就好像唱片壞掉一般……

不過這點小事，並無法抹消壓倒性的自我陶醉。

現在只需要想著如何嘲笑、揍哭這個趴在地上的悲慘垃圾就好。

「你們在做什麼！」

「大家快住手！」

三條寺涼香和冰見山美咲衝進教室。

「是他不對！」

三條寺涼香心中一陣刺痛，她的不好預感命中了。冰見山美咲這幾天也日益憔悴。

昨天放學後發生了不小的騷動，學生們的鞋子被丟進池子。一開始是某個學生來報告，說他的鞋子被藏起來。

最後來報告的不止一人，因為全班同學的鞋子都不見了。就霸凌來講目標過度廣泛，也太大費周章。

若不是霸凌那會是什麼——

學生們和三條寺涼香、冰見山美咲搜遍整個校舍，最後卻不是在校舍找到鞋子，而是在中庭的池子裡。

四處搜尋的學生裡沒看到九重雪兔，所以肯定是九重雪兔做的。我回想起九重雪兔說過的話。所有人都是我的敵人，他確實這麼說了。

一般而言，必須立刻把他找出來，甚至得把他所做的事報告雙親。

三條寺涼香卻猶豫了，即使她知道肯定是九重雪兔所為。

因為自己才剛誣陷他，將他拱成犯人。

還把他沒犯下的罪行告訴他母親，要母親好好告誡。

不論自己再怎麼篤定，犯人就是九重雪兔這結果再怎麼明顯，才剛誣告過他的自己，實在無法在沒證據的狀況下，再次將九重雪兔指為犯人。所以才會猶豫。

於是她打算隔天再處理，先找九重雪兔問話後再說。

她如此說服學生們，而大家當然不可能會認同。自己的處理方式又錯了，判斷太過天真，才會引發這次暴力事件。

這絕對不是小孩打鬧，而是單方面施暴，他正虛弱地蹲在地上。

這畫面令三條寺涼香和冰見山美咲難以置信，可惜眼前景象正是現實。

「不是我做的！住手！好痛！」

高山們即使看到老師依舊繼續施暴，不，他們停不下來，這已經大大超越了能夠自制的階段。

啊啊，多麼開心。欺壓弱小的人類怎麼會如此愉快。靠毆打、腳踹來使人屈服，實在是太過癮了。

這可堪稱是現在這空間裡最棒的娛樂。

展露獸性，這或許能稱得上是人類本能也說不定。
就算人類社會多麼成熟，這點都不會改變。
只要逮到機會，大家都會陷害、打擊對手，使之臣服，所有人想的都一樣！
所以。
要對抗這樣的暴力，
要制止這樣的暴力，
無論何時——
都只能仰賴超越對手的暴力。

須臾之間，三條寺涼香感覺自己和九重雪兔眼神對上。
下個瞬間，九重雪兔彷彿沒事一般站了起來，將高山幸助踹飛。踢飛他的衝擊弄得桌椅東倒西歪。
「咦？」
冰見山美咲無法理解。不，在場所有人腦中都浮現疑問。
鬧得沸沸揚揚的教室，剎那間靜了下來。
九重雪兔將抓著自己毆打的橋本手指往後一扳。
「呀啊啊啊啊啊啊啊啊啊！」
急忙把手放開的橋本隨後也被揍飛。

「你、你做什麼！」

面對他突如其來的暴行，北川難掩心中動搖，朝他揍了過去，不過即使他揮舞拳頭，下半身卻沒跟上動作。

九重雪兔本來就習慣打架，這個少年運氣極差，經常被捲入這類狀況，對他而言這沒什麼特別的，就如同日常生活般無感。他只是為了挺身面對敵人，才會每天慢跑和重訓。

那些只憑一股勁，任由興奮情緒擺布攻擊人的對手，他打從一開始就不放在眼裡。

他絆了一下北川沒站穩的腳，對方就失去平衡了。

接著他把對方拉倒，如踢足球般踹飛。

「……咕！」

桌椅再次伴隨巨大聲響凌亂翻倒。

高山一臉不明白發生什麼事的表情，再次站起。

依舊被陶醉感支配的他，又再次揍向雪兔。

「你這傢伙——！」

高山正面衝了上去，而雪兔垂直往膝蓋一踢，他就乏力倒下。接著雪兔順勢朝正臉送上一記膝擊。

「噗呀！」

高山發出了不堪入耳的慘叫後倒下，鼻子流出鮮血。雪兔一把抓住高山的頭髮將他拖起，接著正面往地上砸。

「嘎……」

任何人都不敢動彈，沒人知道發生什麼事。

這點高山他們也一樣。

我是強者，是英雄才對。踐踏、蹂躪弱者，使之跪拜求饒，應該是如此壓倒性的存在才對！

然而為什麼、為什麼。

現在被打趴的卻是自己？

不論如何抗拒理解，事實都不會改變，原本沸騰的熱血急速冷卻下來。頭腦一冷靜，腎上腺素停止分泌後，便只剩名為疼痛的現實。

「對了，高山。你知道我的室內鞋在哪嗎？」

「什、什麼東西……」

令人毛骨悚然的冰冷話語傳入耳中。

好奇怪，他剛才，明明悲慘、難堪地求饒才對啊！

為什麼他卻能一臉沒事地站起，還再次將我的臉砸向地板。

「──住、住手！」

地板發出了鈍重聲響。

「我剛才這麼講的時候，你有停手嗎？是說，我的室內鞋被小偷偷走了對吧？」

他再次砸向地板。

「那高山，你知道東西在哪嗎？」

再次砸向地板。

高山眼瞳中浮現出的快感煙消雲散，現在，眼中只有恐懼。

不知名的恐懼和疼痛化作現實覆蓋高亢心情，使他不禁畏縮。

「去給我拿回來。」

他只說了這句話。

「嗚哇啊啊啊啊啊啊啊啊！」

高山幸助哭喊衝出教室。

九重雪兔轉頭看向剛才搧風點火的同學們。

接著肆無忌憚地走向人群，任誰都想拔腿就跑，腳卻不聽使喚直打哆嗦。因為世界在一瞬間被顛覆了，思緒卻沒追上。

「剛才那句打他是妳說的吧？意思是我也可以打妳囉？」

九重雪兔一把抓住風早朱里前襟。

「咦……啊、不是……」

我害怕得身體縮成一團不敢出聲。看到把我鞋子丟去泡水的人被揍，我感到十分痛快，還希望大家打得更狠。

所以我才聲援他們，我沒做錯任何事。

我明明沒錯，為什麼、為什麼會變成這樣？

剛才彷彿被定身的三條寺涼香終於回神喊道：

「不能打女生！」

「現在講求男女平等。」

「那、那不是指這種意思！」

她慌慌張張地打算制止九重雪兔。然而抓住前襟的力氣實在太大，她費了好大勁才拉開兩人後，九重雪兔才一臉無所謂地說：

「她也同罪。我可是單方面被打，而這些人還煽動別人打我。這也算施暴，妳不知道嗎？妳應該都看見了吧？」

「這、這……」

事情演變到現在，三條寺涼香才終於察覺。甚至可說是太晚才發現這個事實。高山他們的暴行，打從自己走進教室前就開始了，而自己到場後仍在持續，這全都是眼前這個少年故意讓我看到的。

他明明一開始就能擺平高山他們，卻故意挨打來將自身行為正當化。

而且，他所說的一字一句都沒有錯。

教唆傷害，又或者是幫助傷害，反正不會有人幫他。換言之在場所有人對他來說都屬同罪。

「妳們對我所做的也算是言語暴力。」

「這……！」

我沒有反駁的餘地，一切都如他所說，造成這狀況的原因全都在我，因為我沒有把他的任何一句話聽進去。

「所以現在我也要把他們所有人揍扁。」

「噫……！我什麼都沒做！」

「我什麼都不知道！是他們自己——！」

眾人七嘴八舌地逃避責任、明哲保身。任誰聽到他那句話都會這麼做吧，畢竟他已經在眾人面前演示過了。這對他而言易如反掌，只是動不動手的問題。

「不行！不能再施暴了！」

「那要怎麼解決？我的教科書和媽媽做的袋子都被弄得破破爛爛的，這樣不算暴力嗎？」

「為什麼要做這麼過分的事……」

冰見山美咲用直打哆嗦的手拿起被剪爛的布袋，這好似是在闡述自己犯下的罪過，令她無法移開視線。

「請聯絡他們所有人的家長，這點事妳總能做到吧？我沒偷東西妳都聯絡我媽媽了，但這些傢伙做的可全都是事實。」

反正無論如何都不可能隱瞞過去，最起碼非得聯絡高山他們的家長，不過，眼前的少年似乎不打算這麼息事寧人。

九重雪兔想說的，是要向所有家長告知我們所犯下的愚蠢過錯，並向他謝罪。

「等、等一下！拜託你給我點時間！我保證不會當一切都沒發生過，這次一定會把你的話聽——！」

我狼狽、困惑、混亂。無法思考，也不知道該從何思考。

只是拚命重複同樣的話，試圖收拾自己造成的爛攤子。

「——是在吵什麼！」

此時遠山教頭（註6）出現，打斷了三條寺涼香的思緒。

「三條寺老師，這到底是怎麼回事？」

「不、這是……」

遠山教頭詢問三條寺涼香，不過三條寺涼香一時語塞，不知該如何答覆。

為什麼教頭會在這裡？仔細想想，鬧成這樣別班不可能聽不見，也有可能是教頭正好路過發現也說不定。無論如何運氣都糟透了，若是不先讓現場沉靜下來，根本無

註6 日本教職員職位，負責輔佐校長和副校長。

法解釋清楚。

「啊，教頭，等你好久了。」

「你是……這些是你做的？」

不知為何九重雪兔親暱地向遠山教頭搭話。三條寺涼香和冰見山美咲看了，便直覺性領悟到，不論這名少年打算做些什麼，事情都只會朝最壞的方向演變。

「才不是呢，我是單方面被打。」

「你說什麼？給我一五一十解釋清楚。」

雖然九重雪兔一臉平淡地說著，但他被揍那麼久，早已體無完膚，一看就能知道他並沒有說謊。遠山神情逐漸凝重，九重雪兔卻不在乎地繼續說了下去。

「先別管這些了，教頭能把昨天跟我講的話再說一遍嗎？」

「你在說些什麼啊？你先解釋清楚。」

「只要教頭說了昨天告訴我的話，真相自然會大白。拜託你了，請你再說一遍。」

「講了又能……」

九重雪兔低頭請求，使得遠山頓時愣住。

「唉……我知道了。你想問些什麼？」

「謝謝。」

三條寺涼香不明所以地理解到，接下來究竟會發生何事。

九重雪兔在講桌前向遠山教頭提問。

「教頭曾在三天前放學後，經過這間教室走廊對吧？」

「對，我要去前面倉庫檢查備品。」

「那是幾點的事呢？」

「我想應該剛過下午四點……」

「當時教室有誰在嗎？」

「有，還有一個學生留下。我當時還提醒他回家時小心安全，所以記得特別清楚。」

「咦？」

發出聲音的是冰見山美咲。

那一天下午三點就放學，幾乎不會有學生下午四點還留在教室。

「那個學生是誰？」

「嗯？這個嘛……啊啊，是他。」

遠山教頭環視全場，接著舉起手指。

教頭指向的學生——岡本一弘正低頭發抖。

「非常感謝教頭。這是最後一個問題，他當時在哪做什麼？」

「嗯？他當時坐在那個座位準備回家。」

「這下一切都解決了，不愧是教頭，人帥溫柔又出色，好一個教師典範，實在太叫人尊敬了！」

「你、你沒事胡說什麼啊，你這麼講我當然是很開心啦，不過回答這些問題到底能明白什麼……」

九重雪兔走近岡本一弘，舉拳痛揍。

嘎唰！

岡本一弘隨著巨響被揍飛出去。

「你！你這是在做什麼！還不住手！」

遠山正想介入，九重雪兔就拖著岡本一弘，把他丟在講桌前。

「教頭，岡本做回家準備的那個位置，是我的座位。」

「什麼？」

「岡本，你在我座位做什麼？」

當下這個瞬間，三條寺涼香和冰見山美咲不過只是旁觀者，連動都不敢動。

她們就如同劇場的觀眾，只能眼睜睜地看著他所上演的定罪戲碼。

「我什麼都沒做！我只是正好坐在那而已——」

「坐在那準備回家？你從我書桌拿出什麼？不對，你放了什麼東西進去？是你偷了那女人的粉盒對吧？」

「不、不是！我——」

「分明就是你偷的！」

「不對！我本來打算事後還回去——！」

雪兔如能面一般面無表情，可能連恫嚇都只是演技。

教室裡靜得嚇人，比起滔滔雄辯，他的自白更能證明自身罪狀。

「夠了！到底發生什麼事！」

遠山終於忍不住大喊。

九重雪兔望了周圍一圈後說：

「事情非常簡單，就是這群人串通好把我拱出來當犯人，只是這樣而已。」

三條寺涼香和冰見山美咲感受到，九重雪兔口中的「這群人」，也包含了自己在內。

對於岡本一弘而言，這一切只能說是超乎他的想像。混亂徹底擴大，導致岡本不敢說出自己才是犯人，最後只能靜靜旁觀。

不過就結局而論，選擇旁觀也是他所犯下的罪行。

「怎麼會發生這種事……」

九重雪兔一五一十地說明事件原委。遠山聽得攢眉蹙鼻。

而三條寺涼香和冰見山美咲在這種場合也無法說謊含糊帶過。

期間高山哭著把九重雪兔的室內鞋拿回來，九重雪兔再次毆打了他，現場又亂成一團，最後只能先把被打的三人送去保健室。

「幸好教頭有看到，真是幫了大忙，不然我本來打算去找律師談。」

「律、律師……」

「我沒碰過粉盒，所以粉盒上面鐵定會有犯人指紋才對。」

「要是事情變成那樣……」

他們不敢置信眼前小孩口中說出了律師兩字。

如果鬧到校外，狀況肯定會變得更加混亂。

當然，想到這辦法的並不是九重雪兔。九重雪兔是跑去找母親妹妹九重雪華，商量有沒有辦法找出犯人。

九重雪華也只是隨口說出其中一種手段而已，並不是指示他這麼做，而九重雪兔純粹是真心接受這意見才會說出口。

「事情我完全理解了。三條寺老師，為什麼妳要如此固執？這種事妳應該能處理得更好才對啊？」

「我知道，我知道……」

三條寺涼香不斷自問自答，事情演變到這步田地前，應該有無數次回頭的機會。

最令自己生氣的是，這些機會還是九重雪兔給的。

直到今天為止，他多次對自己、學生們伸出援手，還給了時間限制，他都說會等到午休了，可是誰都沒打算幫助他。他還拿出了自己不是犯人的證據，也沒人相信。

最後導致了最糟糕的結果，一切都得怪自己將他的手揮開。

這一切失態只能說是自作自受、責無旁貸。自己實在難以想像，他究竟有多麼憤怒，又受到怎樣的心傷。

「不過打人是不對的，你應該知道吧？」

「當然知道。」

三條寺涼香心中，有個必須解開的疑惑。

「你不需要把高山同學他們打成這樣吧？」

「這傢伙在說什麼啊？啊，不好意思，我失言了。」

「你——！」

「妳聽好了，我可是遭到單方面毆打耶。我只是無可奈何拚命還擊而已，根本沒那心力去手下留情。」

你說謊！

在場任誰都這麼想，卻沒人有辦法指責他。

因為先動手的確實是高山他們，自己也親眼看見九重雪兔單方面被打，只要他不承認自己說謊，就沒人能顛覆他的話。

審判仍靜靜地進行著。

九重雪兔視線轉向這邊，他的眼神如此黯淡、汙濁，不帶一絲情感。

我忽然驚覺他從今天就沒叫過我老師，一次都沒有，我頓時回想起他昨天的話。

對啊，在他心目中，我們已經不是老師了——

「妳不是對我說過無數次嗎？做錯事就必須道歉。那我問問，妳們、高山他們、班上這群垃圾，還有那邊的死小偷，有哪個人對我道過歉了。」

冰見山美咲驚訝地抬起頭。

事實就擺在眼前，自己對九重雪兔說過的那些話，自己連一項都沒做到。

「妳們才是騙子。」

之後的日子對三條寺涼香和冰見山美咲而言，宛如置身地獄。光是收拾殘局就花了數天，她們每一天都跑去向家長致歉，就連看到小孩在學校被人毆打的雙親們，得知自己小孩所做的一切，也只能默默放下舉起的拳頭，因為那是他們自作自受。

而班上的氣氛則是差到極點。

高山他們彷彿變了個人，成天提心吊膽地看九重雪兔的臉色行事。被亂畫一通的教科書也全數賠償，將布袋剪碎的犯人是高山他們，九重雪兔得知後再次揮拳毆打他們。

「他、他們真的好過分喔，竟然把九重同學當成犯人！」

「妳好吵，別跟我說話。」

風早朱里雖試圖討好他，只可惜為時已晚。一切的元凶岡本被徹底孤立，在班上失去容身之處，可惜不論是班導三條寺涼香還是任何人都幫不了他，事情鬧這麼大，早就傳遍其他班級，他想轉班都做不到。最後岡本無法承受，只能選擇轉學。

而冰見山美咲已經達到極限，這負擔對一介實習老師太過沉重。

即使如此，她的自尊仍告訴自己，不能就這麼放著不管，不能讓事件以這種方式落幕，所以她才努力挺過最後的實習期間。

要怎麼做他才會原諒我們，又該如何傳達給他，就算自己逃得過，三條寺涼香也無處可逃。這樣下去，她得繼續在這分崩離析的班級擔任班導。這也是冰見山美咲擔心的其中一件事。

現在她和三條寺涼香之間不單單只是前輩後輩的關係，而是萌生了奇妙的友誼，又或者能說是背負相同罪孽的共犯關係。她們會私底下聯絡，商量各種事。

自己為什麼會想當老師。

當老師究竟想做些什麼。

我最喜歡小孩了。

所以我曾相信這是我的天職。

我並不是想踐踏他人。

並不是想傷害他人。

然而，現實卻是如此殘酷。

自己，實在是太過愚昧。

自己最後能做的，就是至少要稍微改善與他之間的關係，她支撐心靈的唯一辦法，就是相信自己必須做到這件事。

「今天是美咲老師最後一天上課，大家為她鼓掌。」

學生們敷衍地拍手，沒人惋惜，她自身也沒感受到一丁點充實跟成就感。這也正常，自己所做的，就只有害這班級分崩離析。最起碼學生們沒有當著面罵：「要是妳沒來就好了。」

冰見山美咲在班上學生面前打招呼，視線看向他，依舊是毫不關心。

他可能一句話都沒聽進去吧，可是，事情不能就這麼結束，不應該就這麼算了。

所以，冰見山美咲走到他面前。

接著深深低頭。

「真的是非常抱歉，不光是你，我還給你雙親添了麻煩。我應該要相信你，好好聽你說的話，我知道事到如今再怎麼道歉你都不會原諒我，即使如此，也容我向你致歉。」

也不知道想法有沒有傳達給他，從他表情上無法看出任何情感。

「這是我的心意，希望你回家能看過。」

冰見山美咲遞給他一封信，這是她昨天熬夜寫下的東西。

她重寫了一遍又一遍。口頭道歉固然重要，但她仍想留下某些有形的事物。她希望即使自己做了這些錯事，至今的一切仍擁有意義。

她把一切想法都寫入信中。

這是冰見山美咲的贖罪，或許也包含了渴望獲得救贖的天真。

而九重雪兔無視了，他背起書包走向教室出口。

「啊……」

「那麼再見。」

就這樣，冰見山美咲心碎了，並放棄教師這條路。

第七章「九重雪兔」

「嗯——我果然過去跟冰見山小姐見過面吧？」

這位大姊姊對我的好感已是超級通貨膨脹等級，高到連國際貨幣基金組織都嚇死的程度。看冰見山小姐的反應，我們應該是過去有見過面沒錯。

我命懸一線逃離桃花源，差點一不小心就升天了。

在這世上，能叫外人媽媽的狀況，就只有不小心把小學老師叫成媽媽，跟做媽媽活而已。

虛假的媽媽究竟是何種存在，那就與諾斯底主義中的亞爾達拜特相去不遠，我看冰見山小姐可能也是母性過剩。

還請妳多加保重身體，不然就輪到我的身體撐不住了。

我曾經問過她以前的事，不過她看起來太過煎熬，令我於心不忍。

我就這麼忘記，不去回想起來真的是好事嗎？

回想不起的事堆積成山。我對記憶力相當有自信，相反的，我卻不太記得往事。

因為刪除討厭記憶是我的家常便飯。

或許答案就藏在忘記的過去裡，我只能不斷摸索解謎。

「……沒剩多少啊。」

一到家，我就回房間翻開相簿，雖然現在大家都把照片數位化，不過家裡必須留有一本相簿，可說是非常重要的事。

到頭來，會流傳到後世的不是電子檔案，而是石板；情報不會留在雲端，而是在大地上。

媽媽年輕時也是個美女啊……啊、這是姊姊剛出生時的照片！

九重悠璃誕辰！多麼神聖！我好像看到她背後散發出光環。

我從家族起源開始探索，那時拍了許多照片，在我出生後照片數量卻逐漸減少，八成是對我沒興趣吧。

「……這是，我？」

似乎是我的零歲兒童正在哭。似乎是我的一歲兒童正在笑。

似乎是我的二歲兒童正在生氣。似乎是我的三歲兒童正在——

「——等等。這麼說來，在那時候，我好像……」

不知不覺，我變得面無表情，照片也從這時開始變少，沒有家族照片，只剩下我的獨照排列在相簿上。我懂我懂，是不想跟我一起入鏡對吧。只有我獨自被留在相簿裡。

我蒐集遺忘的記憶碎片，拚命回首往事。

想起來！為什麼會變這樣，我到底是何時開始犯錯？

我沒有容身之處，任誰都捨棄我，不、不對。

當時，確實有人伸出援手，應該有人拯救了我才對——

「有空嗎？」

門傳出叩叩聲響，媽媽走了進來。她剛才可能出了門，穿著比平常正式，就像一位帥氣的成熟女性。

「怎麼了？竟然會看相簿，有什麼在意的事嗎？」

「沒什麼，找我有事嗎？」

一瞬間，媽媽的表情垮了下來，接著她和緩地開口說：

「……對不起，我沒有懷疑你。剛才我去學校抗議了，既然要做，我就打算抗戰到底。不過，若是你討厭那間學校，那不念也行，想轉校也可以。」

「真的假的。」

「雖然還沒正式決定，未來我打算要獨立創業。若是擔心找工作，隨時都能來幫我。所以，我希望雪兔做自己喜歡做的事。」

媽媽坐在我身旁，將手放在我膝上。

未來，那是我從沒思考過的東西。

媽媽到了這個歲數，仍有著明確的未來規劃。

「──將來，你想做什麼？」

「去離島種蜜柑……」

「蜜柑？」

這選項她應該會感到開心，我還以為媽媽會二話不說答應，但她卻感到困惑。

反正我肯定會被退學，如果她願意支持我這想法就好了。

燈凪她們也是，不可能會真的退學跟著我走。她們的雙親不可能會允許這種事情發生，和我完全不同。可是──

「我還想繼續和你們一起生活……」

她顯得有點失望。媽媽總是言行不一。

最近房間裡，多了不少媽媽和姊姊的私人物品。她們一定是打算逐步將這房間改變成倉庫，才會用這種非法炒地的手段施壓叫我快滾。

轉學了就能一個人生活吧。算了，這也沒轍。反正她們會如此催促，就表示與我一起生活有所不滿吧，實在無可奈何。

她們嘴巴上說需要我，行動卻否定了這些。

我在家裡逐漸沒有容身之處，甚至要被趕出學校。

我早就料到會有這麼一天到來，因此完全不感到震驚。

哈哈──我懂了。這是最後的晚餐吧？

這樣啊，原來最近媽媽的態度變得奇怪是這個原因！

她知道我即將消失，才打算大發慈悲，在最後對我溫柔點。

換言之所謂的母性，其實就是一種近似永恆（AEON）概念裡索菲亞般的神性。

「咦？媽媽怎麼了？」

聖母眼裡湧出淚水，我慌張走近拿手帕拭淚。

「因為，你願意告訴我自己想做的事……」

「咦？這有什麼奇怪的？」

連我自己都沒有發現，有某種東西逐漸漏出。

「我會努力讓你承認我是你母親，所以拜託你。哪都不要去！不要去離島，也不要去她身邊。因為，你是我最重要的——」

她輕輕抱住我的頭。我說出自己的希望，真有這麼稀奇？

這搞得像是發生了天地異變，我嚇得無法隱藏心中困惑，不過這股暖意、思念，告訴了我剛才自己所想的一切，只是虛構而已。

被扭曲的思考認知。或許是時候該知道了。

這個悖論的真正答案。

◇

廣播室前湧入了不分學年男女的大批學生。

「謝謝妳幫忙，小希！」

「沒關係啦汐里……妳這次可要好好做喔。」

午休時校內廣播會廣播。這一天廣播是由廣播社的蓮村負責，但神代拜託她，希望一切交給她處理。其實就算她不答應，也能用學生會通知名義占用廣播時間，不過事情進展順利，讓硯川放心不少。

「硯川真的可以嗎？還有佐藤。坦白這件事，應該會讓妳們非常難受。」

「我沒事，現在受苦煎熬的，並不是我。」

「沒關係，是我自己做了那種蠢事。」

「還有妳，這麼做真的可以嗎？」

悠璃嚴厲地質問祁堂。

「我打從一開始就沒打算隱瞞，這是為了引以為鑑。事到如今，要是還會怕自己的醜事公開，我會想殺了自己。」

「小睦……對不起。」

「這不是裕美的錯。而且妳看看眼前，這才是真正的人望、品德。跟我這虛有其表的學生會長完全不同。」

祁堂不禁讚嘆，短短幾個月，九重雪兔就和這麼多人扯上關係。而且每個人，都是受了他幫助才會聚集在此。

有人彼此認識，也有人從未謀面。大家並不是朋友關係。

聚集在現場的人們，只有一個共通點。

「妳不要妄自菲薄，會害那孩子傷心。」

「抱歉，悠璃。」

悠璃斥責道，祁堂老實低頭致歉。沒錯，他就是這樣的男人。

「是雪兔同學把我從那地獄中救出來。我爸還氣到想立刻殺到學校來，不過，我不會阻止他就是了。」

御來屋正道看似困惑地笑道。他現在之所以能展露笑容都是多虧了九重雪兔，所以他絕不原諒如此沒天理的事。

「練二，我們一定要救他，聽到沒？」

「之前總是找他商量麗嘉的事，這次輪到我幫忙了，對吧？」

那個自暴自棄的周防早已不在，現在有藍原在她身邊陪伴。而將兩人聯繫在一起的，正是九重雪兔。

「我欠九重太多人情了，再不快點還怕是會還不清啊。而且籃球社的人沒被他狠操就渾身不對勁。」

「敏郎，你這樣講也太丟人了吧？」

「是說雪兔現在在做什麼啊？打給他也不接，雖然那傢伙肯定現在也在為所欲為吧。」

「擔心阿雪也沒用啦，誰叫他是阿雪。」

廣播室裡人多到差點塞不下，這一切都是因他而起。

神代對這件事感到無比驕傲，認為自己喜歡上他真是太好了，她如此心想，並重新下定決心。

「那個——我也能加入嗎？你們看，我身為女神，看到可愛的信徒有難當然無法坐視不管嘛——啊哈哈哈哈……哈？」

一個意想不到的人物出現，使現場眾人議論紛紛。

相馬鏡花。在二年級裡是相當出名的人物。

最近她變得柔和不少，簡直判若兩人。

「真是的——！我就知道這樣講會冷場！」

「非常感謝妳！」

硯川對不知為何抱頭的相馬低頭。她感到相當震驚。

她還以為只要是雪兔的事，自己什麼都知道。只可惜，那不過是她夜郎自大。

雪兔有著無數自己所不知道的聯繫。最後那些聯繫化作巨大的力量，希望拯救他。

打開視野。硯川終於感受到這句話的真正意涵。

她眼中只有雪兔，只活在僅有兩人的小小世界裡。

不過，這麼做是不行的。所以自己才會犯錯，所以願意幫助自己的，總是只有雪兔。

硯川心想，她真正的高中生活，現在才要開始。

這是拜他所賜的生活，他告訴我這個世界充滿可能性且溫柔。

好了，我們開始吧。然後，結束這一切。

等他回來，再一同度過每一天。

「這樣就可以對吧……雪兔？」

◆

「馬上去阻止他們！」

教師辦公室裡吵成一團。校內廣播的一項項澄清，使無可否定的真實逐漸滲透人心。

不同學生的口中，都在講述某位一年級學生的事。

他受到閉門思過處分，現在沒來學校。

本該是被害者的硯川和加害者佐藤，解釋起為何他會造謠誹謗，又為什麼非得這麼做，她們兩人口中講述的，是感謝之意。

為什麼B班成績會這麼好，現在學校的運動社團裡，為什麼籃球社會如此努力練習，為什麼為什麼為什麼為什麼。一個個被攤開來的事件背景，產生了類似懸疑片解謎般的痛快，令人聽到入迷。

學生會長祁堂誣賴他是色狼，而有人誤解這項事實想把他逼到退學的事，也被攤在光天化日之下。

校長一指示，老師們便急忙想闖入廣播室，此時三條寺出面制止同事。

「沒那個必要。」

「三條寺老師妳在胡說什麼！這樣下去——」

「您才在胡說什麼？學生們又沒有違反校規，這不過是校內廣播而已。我們要以何種名義阻止？學生們遵守了規則，我們卻不遵守規矩。您以為這樣說得通嗎？」

「現在沒空講那種冠冕堂皇的話了！」

因東城施壓，內心樂得舉手歡呼的老師們，連日應付家長的抱怨電話、學生們的反彈聲浪，早已疲憊不堪，如今又來了這場爆料大會。

使他們變得無法輕易針對九重雪兔發表言論。

「看來，爛蘋果應該是我們才對。要是現在強制阻止，只怕他們下次會把事情傳到校外。」

這方法九重雪兔早就用過，他們只需要照著做就好，到時候事情真的會鬧到不可收拾，校方的聲譽也會嚴重受損。

現在早已過了能息事寧人的階段，沒人能控制局面了。

藤代懊悔不已，竟然讓學生們做出這種事。

將事件在變得無法收拾之前處理好，這應該是大人的職責。而自己卻把這責任丟給學生們，事到如今，還必須制止他們。

藤代難以原諒此等行為，認為這與她理想中的教師形象相去甚遠。

（……骰子已被擲下。）

任誰也不知道結果究竟會如何。藤代在心中苦笑，選擇順其自然。

◆

「那個叫九重的學生在哪⁉拜託現在立刻把他找來！」

事件尚未平息，一名男人就直接闖進教師辦公室，他的表情與平時不同，只能用驚慌失色來形容。從旁人角度來看，也能一眼看出他有多麼焦急。

「東、東城先生⁉您怎麼來了？」

「那個學生！那個叫九重的。前幾天我不是聯絡過嗎，他現在在哪⁉」

即使因對方突然來訪而心生動搖，校長吉永身為高中的負責人，也必須對應處理。因為對方不僅僅是學校校友，還是位地方名紳。

最重要的莫過於這位東城秀臣，還是以致力於教育而廣為人知的縣議員。千萬不能夠怠慢。

「他現在還在閉門思過——」

「馬上解除處分把他找來！」

「究竟發生了什麼事？他是因東城先生的指示才——」

「我沒下達這種指示！我只是說有這樣的學生不太好！」

這怎麼聽都像是用來明哲保身的藉口，還留給自己最低限度的退路避免受到波及，的確很有政治家風格。

不過，眼前的東城看起來狀況不太對勁。

這男人到底發生了什麼事——

就在眾人都這麼想的時候，東城努力擠出一句話：

「這樣下去我就徹底毀了。」

東城秀臣已就任縣議員三期十二年，他考慮終有一天要轉戰中央政府。這樣一個人，難得受到女兒請託。

秀臣非常寵愛獨生女英里佳，秀臣聽了英里佳的話大發雷霆，他無法忍受這樣一個人和女兒就讀同所高中。

而且逍遙高中還是自己母校，這男人所為明顯就是犯罪，這已經不是他有沒有資格就讀自己母校的問題了。

前些日子視察時，他還為努力學習的學生們感到驕傲。

如果秀臣接起電話時，願意花費一丁點勞力去確認英里佳的說詞，或許狀況就會有所改變。

只可惜，現在講這些都太遲了。

幾天後，縣聯合會的幹部打給秀臣。

電話內容有如晴天霹靂。他的黨候選人身分被取消了。這不可能會發生。秀臣是執政黨地方候選人，還在縣議會中加入人數過半的最大派系。若是取消候選人身分，代表他未來所有選舉，都無法取得組織協助，必須以無黨籍身分活動。當然，他那投身中央政府的願景也將化為泡影。

他當然不可能會接受這種結果。其中一定是有什麼誤會！

秀臣生氣提出抗議，對方只冷冷地回覆。

這是冰見山利舟的指示。

冰見山利舟。任職八期國會議員，擔任過文部科學省副大臣、總務副大臣、厚生勞動大臣等重要職位，現在雖功成身退，不過他在檯面下的影響力卻絲毫沒有減退。

——怎麼會，不可能！

他完全無法理解。這也沒辦法，冰見山利舟對期望轉戰中央政府的秀臣而言，簡直是天上的存在。他過去從沒與對方說過話，連面都沒見過。

對方不可能知道自己，對冰見山利舟而言，我跟路邊石子沒兩樣，為什麼會要求取消我的候選人身分。

不過，他只明白一件事。那就是如果能獲得冰見山利舟青睞，將成為自己轉戰中央的最大助力。

冰見山利舟握有支持度極高的地盤。誰能繼承他的地盤，就能在接班人戰爭中受到矚目。若能接手他的資源，就能以飛快速度進入中央政府。

相反的，如果被冰見山利舟討厭，那自己就沒有未來可言。

此時又有一通電話打給六神無主的秀臣。對方是冰見山晴彥。

晴彥是就任於文部科學省的職業官僚，他冷冷地告知事情經過。

得知事情真相的秀臣頓時面色鐵青。完了，為什麼會變這樣！

現在根本不是講轉戰中央這種夢話的時候。

要是不立刻處理這個問題，前程就徹底毀了。

這樣下去我會身敗名裂！秀臣指示祕書取消所有行程，並急忙趕往母校。他太過輕慮淺謀，以為這是微不足道的小問題，才沒確認事實真相。

這件事象徵著東城秀臣缺乏政治家應有的資質。

這失誤大到被人如此烙印也無可厚非。

沒想到那名學生，竟然跟冰見山有關係！

自己誣陷了無辜學生。而對方還和冰見山有所交集，這遠遠超出了他的預料。

秀臣滿心焦躁，並為自己愚蠢到沒有確認事實真相而後悔。

◆

「太好了！真的是太好了……」

我陪媽媽來到醫院做乳癌精密檢查。

超音波檢查的結果是「沒有異狀」。

根據媽媽的說法，罹患乳癌的機率似乎本來就不高。

話雖如此，她也無法心平氣和地看待此事。光是有患病可能性，就令人心神不寧。

更別提她無法找人商量，這種事一個人實在難以承受。

在結果出來為止，媽媽的手還不停發抖。她緊握住我強忍恐懼，如今放心，又握得更緊了。

「對不起……還讓你陪我來這趟。」

「反正我很閒，也只能做到這點事。」

畢竟我還在閉門思過期間，學生在這時間都去上學了。

竟然在這種時間穿著便服出門，我真是個壞學生。

或許這樣就能夠稱作不良少年，乾脆取名叫九重雪兔不良型態好了。只可惜我手上沒有釘棒跟木刀。

為什麼人去校外教學時總會想買木刀呢，這真是永遠的謎團。

「不，沒這回事。要是沒你在，我可能早就崩潰了。光是你陪伴在身邊就能使我堅強起來，謝謝你。」

媽媽那模樣令我感到心痛，原本蒼白的臉色也逐漸恢復生氣。

為什麼是媽媽，為什麼不是我。

「要是我能代替妳得癌症就好了……」

應該受苦的人是我，我一人受苦就好。

不應該是媽媽，媽媽不需要受這種罪。

無論何時，要背負罪業的人總是我，這種事應該由我——

「你好溫柔。不過，我不希望你再說這種話。」

媽媽神情凝重、語氣強硬地說。

「媽媽？」

「對不起，至今明明是我虧待你……」

媽媽的大眼不停湧出淚水。

她那悲傷神情實在叫我看不下去，我急忙改變話題：

「對了，等姊姊回來後我們一起去吃飯吧。之前我找到一間很美味的店。」

當然，錢就由我來出。平時我不太會用零用錢，就是趁這種時候豪邁地花才行。

我打開手機電源，打算打給老闆，才看到來電訊息簡直就像恐怖片一樣。

電話留言簡直多到爆炸。太麻煩了，我決定當沒看到。

「雪兔竟然會邀請我們吃飯……好啊，晚點還得告訴悠璃，那孩子好像察覺我這陣子不太對勁。」

她心中有何不安，我實在無法理解。

恐懼死亡。渴望生存。母親一直被夾在生死之間受苦。

我能做到的，就是極力表現得溫柔，揮去她的苦惱。

看好了。這是我為了讓媽媽打起精神，才特地在網路上學會的必殺技！

「媽媽沒事真是太好了。我最喜歡媽媽了！我要跟媽媽結婚！」

媽媽「咕哈！」一聲，看似受到傷害。咦、妳沒事吧!?

嗚哇哈哈哈哈哈哈！看到這招的威力沒！

我搜尋了母親會喜歡的事，所有人都說被幼年期小孩這麼講會感到開心。

回想起來，我從不記得小時候說過類似臺詞。長這麼大了還講這種話或許會令她產生厭惡，但我想好好珍惜這份挑戰精神。

「──如果，你是我老公就好了。」

我差點被媽媽的迷濛眼神吸了進去。等等，不對吧。我哪邊做錯了嗎？

「呃，媽媽？為什麼妳要靠這麼近……？雖說有二就有三，但最近這種狀況出現太多──嗯──嗯──！」

……總之非常厲害，至於什麼厲害我就不提了。

「對、對不起！我太高興忍不住！……不過，這是真心話。」

怎麼辦，她看起來更有魅力了，那模樣就如同戀愛中的少女。

「明明是我必須打算重新當你的媽媽，你卻那麼縱容我，這樣下去我真的會被寵壞。不能再這麼下去──我會──當真的。」

媽媽緊抱著我說，接著我思考了一陣子提案道。

「那個，我有個地方想一起去。」

「……跟我一起？」

「嗯。」

就是要來一趟自我探索之旅。這是自我意識極高的年輕人們容易罹患的一種精神疾病，就我的情況，是真的要探索自己，請別把我跟他們混為一談。

我是突然跑去印度也不會發現全新自我的男人──九重雪兔。我對自己抱持著疑問。

至今我從沒在意過，也不認為那些事重要。我不會受傷，因為自己的精神就如阿爾發軟墊一樣，具有高效吸震功能。不論被誰說了什麼，或是被做什麼我都不會受傷，才會認為一切都無所謂。

我不在乎任何人，反正別人也一樣不會在乎我。這樣就夠了，所有事情都能用這邏輯去解釋，我就是這麼放棄了一切。

我想，自己不能再這樣下去。我若是不改變，就一定會重蹈覆轍，繼續害他人受苦。

為什麼媽媽會哭？為什麼姊姊要吻我？燈凪想證明些什麼？汐里當社團經理又打算做什麼？

我想自己大概知道，她們對我的感情是什麼。

我知道，只是無法理解而已，因為我以為失去那些情感。不過，那些東西確實存在過。

我必須掌握那模糊不清的答案。

◆

「──怎麼會……意思是、我做的那些!?」

「聯絡不上雪兔！真是的，他到底跑哪了───」

「拜託，想辦法幫我聯絡上他───！」

校長室裡亂成一團。班導藤代小百合和悠璃也在場。

沒多久前，教育委員會也打過來，電話內容和秀臣所聽說的一模一樣，這使得問題瞬間擴大，無法只在校內隱瞞了。

狀況如野火燎原般燒起來，校長吉永難免會被處分。

英里佳從睦月那得知詳情後崩潰得哭了出來，而她父親看起來魂不附體。英里佳誣陷了無辜之人，必須得受到處分。

九重雪兔沒有任何過失卻遭受與停學相當的閉門思過處分，他純粹是單方面被扯進東城家鬧出的蠢事。根據狀況，英里佳最慘可能會被退學。

事情演變成這種情況，導致九重雪兔這區區一介學生，卻手握了英里佳、秀臣、校長吉永等人的生殺大權。

至少對東城秀臣來說，只要九重雪兔不幫忙向冰見山家求情，他就沒有未來。甚至連現在的地位都有可能被剝奪。

「英里佳，妳所做的是不可原諒的錯事。不過，若妳是為了我才做了這些，那我也同罪，沒把如此敏感的問題向周遭解釋清楚，是我該負的責任。如果最糟糕的狀況發生，我會和妳一起離開學校。」

「睦月對不起！這都是我的錯！妳不需要一起被退學！」

悠璃冷冷地看向兩人，心頭怒火不斷攀升。

最近雪兔的狀況才好不容易好轉，又發生這種事。無論何時，都會有人抱持著惡意引起騷動攻擊他。

而每一次，都會逐漸使九重雪兔壞掉，他早已瀕臨極限了。正因為弟弟好不容易對自己敞開心房，悠璃才擔心這次事件會害他再次壞掉，她實在難以承受自己又得被弟弟當成外人看待。

「把她們倆都退學！那孩子身邊不需要會傷害他的存在！」

「悠璃……對不起……」

情勢劍拔弩張，任誰都無法處理了。

因為唯一一個能收拾這狀況的人不在場————本該是如此。

「嗨，大家玩得開心嗎？」

那模樣就簡直是隨口說出輕浮臺詞加入酒會的上班族。握有現場生殺大權的男人——九重雪兔出現了。

「審判（Judgement）——」

「別鬧了。」

「是。」

還滿口胡言亂語。

「你、為什麼會在這……？」

「這麼多人聯絡我，任誰都會發現出事了吧。」

我一出醫院打開手機電源，就收到了無數簡訊和來電通知。甚至害我以為是個資外洩，才會收到大批垃圾訊息。

不過只要看到是姊姊跟校方打來的，哪怕是我也會知道出事了，所以才會跑來學校。而且還身穿便服。

「你怎麼都聯絡不上？」

「啊啊，因為我出門了。」

「你好歹也在閉門思過啊……」

「我有必要遵守嗎？」

校長表情瞬間尷尬了起來。廢話，既然我沒犯下任何過失，哪有必要乖乖受罰。這很顯然是不當處分，只要消息公開，下達處分的校方反而會出事。

「所以，到底怎麼了？」

「九重同學，非常抱歉！」

率先開口謝罪的是三年級生，我還是第一次見面。她眼睛紅腫，估計是哭了，而她身旁的壯年男子也隨著她低頭。

「真的是非常抱歉！」

「拜託先說明一下發生什麼事好嗎？」

我才剛到現場就混亂成這樣，我知道現在跟修羅場沒兩樣，但沒人說明，我也是一頭霧水。我又不是能同時應對十人的聖德太子而是九重雪兔啊，我一個凡人怎麼可能聞一知十。

聽完前因後果，我整張臉皺成一團，這也難怪。事態演變成這樣根本是莫名其妙，越聽越覺得這事根本與我無關。

這一切就只是在我不知情的地方，發生了與我無關的事，未免太沒天理了吧⁉

「所以現在是怎樣？你們自顧自地引發了這場騷動，現在還拜託我來幫忙擦屁股？」

根本擾民嘛！完全是徒勞無功。這整件事沒意義到像在狩獵遊戲裡解搬蛋任務，為什麼還在路上設置巨石擋路，覺得開發小組惡整玩家的應該不只有我才對。

「我會負起責任退學的。所以還請你務必、務必原諒睦月！睦月是這學校不可或缺的學生！」

這名自稱東城的學姊流淚求情。不過，我聽了只覺得她有夠任性，她根本什麼都不懂。

「她之前擅自誤會還汙衊我，甚至揚言要把我退學耶，學姊妳可能覺得無所謂啦，但這樣她給我添麻煩的帳要怎麼算？」

「可是……！」

「學姊，如果當時對象不是我，受到學校不當處分，最後可能會被逼到自殺耶。就算沒自殺，肯定也是內心受到重創，妳一個人退學，有辦法療癒對方的心傷嗎？」

「——自殺⁉對不起！真的是非常抱歉！」

學姊大受打擊，乏力倒下，她的父親急忙扶住她，這人也半斤八兩，也是使場面惡化的當事人。

多虧我的精神力硬度可媲美大猩猩玻璃才沒出事，一般人碰到這種情況肯定會絕望。

而且校方還與對方勾結下達處分，在這孤立無援的狀況下，肯定叫人惶惶不可終日。

「要是對方因為學姊的惡意死了，妳要怎麼負起責任？你也是，東城先生。為什麼沒確認事情真相？選你當議員不是為了讓你亂搞吧？」

「這都是我的錯。」

「我是因為有人幫忙才總算沒事，換做是別人，可能得一輩子受到這種不當處分。若是那樣，事情又該如何收拾。」

「雪兔，我們以誹謗罪名提告要求損害賠償。」

「那也不錯。」

「若是那樣要我付多少錢都行。真的是非常抱歉！我至今致力於教育，竟然會犯下這種疏失……」

「不對，爸爸，是我的錯。是我——！」

「九重，我也得負一部分責任。」

真是不像話。既然會如此後悔，為何不深思熟慮後才行事。我剛才也說了，這事根本與我無關，我只是被找來幫忙擦屁股，簡直是糟透了。

倒楣到這種程度，我那差到家的女人運也跟笑話沒兩樣。

唉。我大大嘆了口氣，周遭便產生反應。我感到所有人視線都在看我臉色，為什麼自己總會被捲進這種麻煩事。

這世界會不會對我太嚴苛了，拜託適可而止好嗎？

我不禁思考，換做是過去的我，在這時候會如何回答？想退學就退學啊，我是不會原諒她做過的事。

她與我毫無瓜葛，變怎樣我都無所謂。即使被退學，我也沒任何想法。我或許會這麼回答吧。

祁堂會長仍是一臉苦瓜。她是沒關係的外人，而我只是被捲進這件事的被害者。東城學姊要是被退學，會長一定會很難過吧。她都說要一起退學了。HIPBOSS 責任感那麼強，若非如此，她也不會硬要和我扯上關係。

我想到一件事，我的女人運的確很差，這是千真萬確的事實。

不過在這次事件，救了我的也是女性。冰見山小姐主動幫忙，姊姊也生氣了。學生會長之所以在場，也是受責任感驅使。

我過去覺得一個人過活就好了，甚至認為我本來就該這麼做。

我會傷害到別人，所以我喜歡獨處。我不認為這樣有任何問題，也不會感到寂寞。如今卻有批人不願離開我，也有人想陪伴在我身邊。

我應該是陰沉邊緣人才對，如今卻建立起無法如此自稱的人際關係。姑且不論陰沉，起碼我已經算不上邊緣人了。我必須承認事實、正視現狀，若是不改變自己，就無法繼續前進。

她們對我產生的感情，我不希望自己一直視而不見。我不想再看到任何人哭泣，如今卻又有人在我面前哭了。

我看著東城學姊的哭臉。她是我的敵人，應是可憎的對象，可是我早已失去了憎恨的情感。

所以——

「東城學姊，我要懲罰妳。首先妳要把自己所做的事全部公開，努力恢復我的信用。不然我會永遠都是那個閃亮亮的鬼畜一年級生。」

「好。」

我停頓半晌，握起學姊的手，眼神直視她。

「還有，請妳當我的朋友。」

「咦？」

「我完全沒有朋友，之間都是邊緣人。」

「呃……」

「不准妳擅自退學來逃避。這樣得救的只有學姊妳而已吧？我一點好處都沒有，妳給我添了這麼多麻煩，妳以為我會允許妳逃跑嗎？」

「可、可是……你能接受這種處置嗎？」

「我當然會要妳好好補償給我添麻煩的份。」

「……謝謝你。還有真的是非常抱歉！為什麼、為什麼會討厭你，還做出這麼過分的事……」

「這麼說來，東城學姊是如何知道我們的事？會長不小心誣賴我是色狼的事，應該沒有傳出去才對……」

「我收到一封信，說那是你為了陷害睦月才設下的陷阱。」

「蠢材——！那傢伙才是犯人！」

「到底是誰使出如此卑劣的手段！英里佳，那封信呢？」

「對不起，我看了內容氣過頭，立刻就丟掉了。」

「這就是平時沒做善事積陰德的後果吧，我會去參拜巡禮淨化身心，會長就別在意了。」

我真有這麼討人厭嗎，明明連反派千金都能無限次死亡回歸耶。

不知為何姊姊從身後抱住我。背後感受到的雙丘正強烈主張著自身存在，我抬頭望向窗外蒼穹打馬虎眼。好軟啊……（望向遠方）

「雪兔，這樣就夠了嗎？」

「是啊，那個……有什麼事嗎？」

「我打了個冷顫，感覺你又要被人搶走了。」

姊姊說了句莫名其妙的話。

「可是，九重雪兔。你是實際受到了處分，英里佳也是被人騙了。秀臣先生，總不能就這麼坐視不管吧？」

「說得對。吉永校長，之後校方得細心處理各項資訊。總覺得事情另有蹊蹺。」
「這、這個當然。」
於是我的閉門思過處分就此解除，重回自由之身。
雖然無法與縣議員東城秀臣相提並論，不過校方也被施加了龐大的壓力，才會就地解除了我的處分，冰見山小姐到底做了些什麼啊，太恐怖了吧。這下害我更不敢開口問她。
我回想起上次去她家的事。她真的是魔女，絕對沒錯，那是一名想勾引我的魔性之女。她為什麼要把胸——糟糕，差點說溜嘴。
「不好意思，九重同學。我很清楚這麼要求實在是非常不負責任，這一切都是我的錯。拜託你！能請你幫我聯繫冰見山先生嗎？」
「冰見山先生是誰？我只認識美咲小姐……」
「美咲……？」
「而且我從頭到尾都沒碰過她——」
「拜託！這樣下去我會徹底毀掉！就連英里佳也會無法維持過往的生活！求求你了！」
堂堂一個大人竟然下跪了，這人不是縣議員來著？
看來他是真的被那個冰見山先生狠狠教訓了一頓，才會露出這種丟人現眼的難堪模樣。根據他剛才的說詞，似乎是議員生涯可能就此完結。

總之那些都是大人之間的事，我沒有介入的餘地。

一切都只能看那位冰見山先生的意思了。

「我知道了。我認識的只有一位叫做美咲的女性，這事我會向她傳達，後續就拜託你們自己處理，我不太清楚那些。」

「感激不盡，謝謝你！女性……意思是利舟先生的親人嗎？」

「她好像說了爺爺什麼的，可能是他孫女吧。」

「原來是這樣，怪不得利舟先生會這麼快就有所行動。你可真是厲害啊，到底是怎麼做才能建立起這樣的人脈……」

「胸……胸部……為什麼……要脫衣服……不要……摸……」

「雪兔！你怎麼了雪兔⁉」

「——哈⁉本該被封印起來的記憶之門竟然⁉」

「剛才那是怎麼回事！發生什麼了⁉」

「我差點溺死在母性之中。」

「等等！你們到底是什麼關係⁉快說清楚！」

不過，這下得跟九重雪兔不良型態告別，明天起又要正常上學，實在有夠懶。

「那個……那我呢？」校長說。

「有罪（Guilty）。」

之後，校長吉永受到懲戒處分，減薪一個月。

事件過後，有許多人在校內見到校長對九重雪兔獻殷勤的模樣，便開始把九重雪兔當成不妙的傢伙看待，而他本人卻不得而知。

一走出校長室，便看到大批學生聚集在外。

他們一看到我，就紛紛湧上來。

「阿雪，你沒事吧⁉要是阿雪就這麼消失不見，我……嗳，你、你怎麼了？他們對你做了什麼……阿雪！阿雪！」

「叮——」

在女生之中擁有最高肉體強度的汐里施展出熊抱式固定。我被那超乎尋常的威力弄得骨頭咯吱作響，意識逐漸遠去。

「等等，汐里妳快住手。妳這樣搞，九重同學沒事都變有事了。」

拯救我脫離困境的，沒想到是應該討厭我的蓮村同學。

「畢竟，我也給你添了不少麻煩……」

蓮村同學尷尬地笑說。先前她把我找出來時還狠狠瞪了我，跟現在的印象差距可真大。這才是她本來的面貌也說不定。

「九重，真是抱歉！我們之後會多向大家傳達你的事！」

「我也會跟小秀一起加油的！」

「你們就不能改一改那傳教士般的行為嗎？」

我特別叮嚀吟遊詩人搭檔說。

「閉門思過處分解除了，太好了呢雪兔同學！」

「迷路女神學姊……」

「哎呀呀，怎麼啦？看到我感動到想哭了？」

「是啊，迷路女神學姊，妳竟然出現在逃生梯以外的地方耶。」

「很好，我這次說什麼都不放過你。」

我不停向學姊道歉。

「真是夠了，你怎麼老是讓人操心啊。」

爽朗型男碎念道，頓時笑聲四起。

在場都是認識的人。有同班同學，也有學長姊。

他們似乎是姊姊急忙召集來的。

哎呀呀，她那顆善良的心實在令我感動到痛哭流涕，真不知道她在現世積了多少陰德。謝謝妳，熾天使悠璃艾爾。

我剛才聽說過，姊姊、會長、燈凪她們為了幫我吃了不少苦頭，希望她們沒吃到味覺壞掉。

「謝謝大家。」

我對著所有人低頭。能不計回報對他人伸出援手，是難能可貴的事。

即使坐視不管也不會遭受譴責，畢竟我只是個外人。

不知不覺間，九重雪兔惡人傳說已經煙消雲散，現在聖人傳說即將開幕。現在氣氛實在不適合講這種話，我還是閉嘴好了。

總之各位的大恩我實在承受不起，之後做個獎狀送大家好了。

「因為是雪兔，我們才願意幫忙。」

燈凪從人群裡向前踏出一步。

說起來，除了我以外的人都穿制服，搞得我好像是跑錯場的異物，跟大家格格不入。

雖然這種被疏遠的感覺莫名讓我放心。

不過，我想大家可能不允許我這麼做了。

我欠下了極大的人情。

還是欠這麼多人。

在這時候，要說的話總是非常簡單。

「我回來了。」

「歡迎回來。」

第八章「命犯桃花之人」

我被和那時相同的景色迷住。好高好高的天空，好低好低的地面，我被兩者深深吸引。不論以前還是現在，我總會迷上這樣的絕景。

我受到瞬間的衝動驅使。距離那時已經好久了。

若是我真的委身於那股衝動又會變得如何呢？

那時，我確實期盼著「死」。即使無法理解，但我多少有意識到。結果不知從何時起，我變得不再尋求死亡。

因為我猶如被埃癸斯之盾所保護著。九重雪兔的精神不會受傷，所以不會期盼死亡。

道理就這麼單純，為什麼我卻沒有發現？

明明這種事，不可能會發生。

「雪兔！雪兔你沒事吧！」

媽媽呼喊著我。對啊，那天的她，確實也露出這樣的表情。

記憶朦朧不清，究竟是為什麼？

她是認為，我現在也像隨時會從這跳下去嗎？

或許真是這樣，當時的我肯定會這麼做。

如今我有前科，她當然會擔心。

正因為如此，我今天也在這。

為了向前方邁進，為了取回壞掉的日子。

◆

「我們還是第一次兩人一起出門呢。呵呵，好開心喔。」

媽媽咧嘴一笑。明明只是和小孩一起出門，她卻莫名有幹勁，還特地化好妝，真是可愛。

我和媽媽一起來到晴空塔。姊姊不在。

今天媽媽工作休息，所以我拜託她陪我。

她二話不說就答應了，還忍不住哭了出來，搞得我有點慌。

「對不起喔，這本來應該是我要……」

她現在仍淚眼汪汪的。因為我至今從沒向媽媽要求過任何東西。我認為反正說什麼她都不會聽，還以為她一直討厭我。

不過在那個時候，說出最討厭我來否定我的姊姊，前些日子卻說最喜歡我。我分不清楚哪句才是真心話。

即使分不清楚，不，正因為如此我才必須對媽媽說出口。

下了眺望臺，走到外頭時間剛好。我想和媽媽單獨說話。應該說，這才是原本的目的。

夕陽西下，我們走在回家路上，慢慢地聊。

彷彿是為了填補過去的時間，將空白塗滿。

「對不起今天突然邀請妳。」

「不會，我好高興。過去你從沒邀過我。」

「媽媽會感到困擾嗎？」

「怎麼可能會？」

她悲傷地低頭。仔細想想，媽媽總是露出這種表情。

她會這麼做都是因為我，是我害她悲傷。

「我以為媽媽討厭我。」

「我才不討厭你。為什麼這麼想？我怎麼可能討厭你？」

「可是那個時候，媽媽拋棄了我。」

「——不對！雪兔，誰對你說了什麼!?你那個時候——」

「所以我以為自己是不被需要的。因為妳沒說需要我。」

「……對不起！你肯定很難受吧……！」

「我以為姊姊也討厭我。不過，姊姊之前卻說喜歡我，所以我也想問媽媽。」

「——我，不用消失了對吧？」

媽媽的渾圓大眼不斷落下淚珠。

真是糟蹋難得化得美美的臉，她似乎顧不得臉上的妝花掉。

最近媽媽真的是很常哭。即使這一切全怪我，但我今天沒打算就這麼結束話題。

這是重新矯正九重雪兔這個人格，使之恢復原狀所必須的行為。也是為了取回真正的我。

我感覺到媽媽的身體變得僵硬還不停打顫。

「我想多跟媽媽說話，有好多事想告訴妳。」

「嗯……」

「可是，媽媽總是很忙，最後我什麼都不說了，只能把這心情面向姊姊。」

「悠璃她並不是討厭你。」

「我被媽媽跟姊姊拒絕，沒有容身之處，所以我才想消失。要是媽媽跟姊姊這麼希望，那我也會照做。可是，如果妳們喜歡我，覺得需要我的話，為什麼當時沒有反駁？為什麼沒有保護我？」

「即使是這樣，我還是希望和妳們一起生活。」

我從這天起，成為了現在的九重雪兔。

◆

我感到興奮不已，兒子第一次邀請我，說有想去的地方。

第一次做這種事，就說明了我是多麼罪孽深重的母親。他還小時，我只忙著工作，沒時間好好寵他。

他是我最珍惜的寶貝。

這種話不論說再多次，沒以行動證明就無法傳達給對方。

我是如此愛他，卻只能眼睜睜看著雪兔與我漸行漸遠，甚至連悠璃的變化都沒察覺。

後來，發生了那次事件。我從沒想過，兒子竟然主動求死。我感到無比恐懼，直到現在都還會做惡夢。

自己所做的一切，害兒子選擇死亡，我真的沒資格當母親。

這樣的兒子竟然說想和我一起出門，使我內心感到一股暖流。

至今從沒發生過這種事，連一次都沒。

其實我無論何時都希望和他在一起，想疼愛他、讓他撒嬌。身為親人，並沒有多少時間能這麼做，因為小孩會不斷成長。

能投注愛情在他們身上的時間是有限的，等我發現這件事已經太遲了。

自己的話可能再也無法傳入他耳中，我曾這麼想過。

所以他願意邀請我，真的讓我樂上天了。他還把我當母親看待，他還需要我。最近，雪兔發生了各種變化。

這都是些非常重要的變化。像悠璃就整天跟他黏在一塊，兩人還經常一起睡。

其實我沒資格說她，因為我昨天也和雪兔睡在一起。若不這麼做，我怕逐漸改變的兒子，又會變回原本的模樣。

他散發出與平時不同的氛圍，神情認真，雖然他平時就一本正經。

只不過，平時的他總是會突然說些莫名其妙的話。

今天的他卻沒有那種感覺。

「即使是這樣，我還是希望和妳們一起生活。」

這句話刺痛了我的心。那天，這孩子被雪華帶走，我卻無法保護他，所以雪兔才會離開。

我失去身為人母的自信，並忍不住想，和我在一起只會使他不幸。會這麼想也沒辦法，害悠璃做出那種事，害雪兔不願回來還身受重傷，這一切都是我的責任。

雪兔說我拋棄了他。不對，我沒有拋棄他！

多麼醜陋的藉口，都為時已晚了還沒發現。

要是我好好地跟他談過，要是更認真面對他。

無論何時，我總是一再後悔。

兒子現在願意面對我。若是這時選錯答案，他就不會再回來。這次他一定會跑到我觸及不到的地方去。

在眺望臺看到他的眼神，彷彿就證明了這點。那眼神無限昏暗、捉摸不定，令人不禁沉溺在內。

那怕是現在，他也——！

咦？騙人……為什麼……

「別擔心，我都發現了。我今天來這是為了改變自己。」

「雪兔，你在笑……？」

「在笑？……我嗎？我真的在笑嗎，媽媽？」

他露出不可思議的表情。我不停摸他的臉。

笑了？這孩子？愚蠢的我，連兒子上次露出笑容是什麼時候都不記得了，我們之間的關係就是如此扭曲。

他努力找我說話的那時，的確是笑口常開，他的笑容非常可愛，卻在不知不覺中消失了，而奪走他笑容的正是我自己。

我沒資格當母親。我以為他再也不會對我露出這種表情。

可是——！

「我有很重要的話要說——現在的我，不是我。」

◇

我一如往常站在這房子前。這是公寓的其中一房，我一如往常按門鈴，不過，精神狀態卻與平時不同。

外頭燈光照亮黑暗。寂靜圍繞著周圍。我向她告知今天會過去，這一天一如往常，卻又特別。

目標人物似乎期待已久，立刻就出來應門。她露出熟悉的溫柔微笑，迎接我的到來。

今天與平時不同，因為九重雪兔這個人，將在這重新開始。

一切都是從這裡，所以現在的我也從這個家重新開始。

「雪雪，我等好久了！來、快進來。我們叫壽司好了。」

「好久不見。不過，在那之前我能先說點話嗎？」

「怎麼了？」

「是妳把我變成這個樣子的嗎，雪華阿姨？」

「難道雪雪，你發現了⁉」

她瞪大眼睛，表情彷彿是驚訝，又像歡喜寂寞，百感交集。

就我看來，她心中有許多複雜相反的情感正衝突著。

九重雪華阿姨。是我媽媽的妹妹，說她是我另一個媽媽也不為過，總之雪華阿姨非常寵我。

和雪華阿姨真正產生交集是在我離家出走之後。

我被姊姊推下去後沒有回家，不斷朝家反方向走去。我必須消失，心中只剩下這股衝動驅使著我。

當我回神，已經被警察保護了。我依稀記得媽媽和姊姊在我眼前痛哭。

而骨折的我接著便住院。

出院那天，媽媽和雪華阿姨在家大吵一架。說是吵架，其實是雪華阿姨單方面責備，而媽媽一語不發。

勃然大怒的雪華阿姨說出：「既然姊姊不養他，那我來養！」當時的我只能茫然地在一旁看著。

我記得，當時自己希望媽媽否定阿姨的話。就算雪華阿姨是媽媽的妹妹，她也不是我的母親。

我希望媽媽反駁並阻止她這麼做。我希望媽媽保護我。

可是媽媽卻不敢對怒氣沖沖的雪華阿姨說任何一句話，於是我被雪華阿姨收留，一起生活了一個月。

離別時我看了媽媽的眼神。當時的媽媽，肯定想著我這礙事的傢伙不在倒是落得輕鬆，為什麼還要回來？就這麼消失不見不就好了。而這樣的想法，在我心中不斷膨脹。

被姊姊拒絕，被媽媽拋棄的我，沒有存在的價值。

我必須要消失，而雪華阿姨卻救了這樣的我。

「雪雪，你真的發現我的暗示？」

「是啊，我是看相簿時發現的。我失去感情，是來到這之後才發生的。」

我曾對自己的想法抱持疑問，可是思緒卻被加上某種限制。

我沒必要詳細知道那究竟是什麼，不過能對我做出這種事的只有一個人。因為能讓我成為現在的九重雪兔的，就只有雪華阿姨。

雪華阿姨在大學研究心理學，也經常跟我談到這類話題。

既然如此，就表示雪華阿姨知曉一切。雪華阿姨不會對我說謊，只要我問了她就一定會回答。

「為什麼……為什麼要做這種事？」

「你還記得我們倆一起去晴空塔的事嗎？」

果然是這樣。因為那天，雪華阿姨她——

「那是我被雪華阿姨收留後沒多久的事對吧。」

「對，我看著當時的雪雪心想，這樣下去，雪雪又會想辦法消失，或是試圖自盡。」

「我想應該沒錯。」

「我好怕，我怕雪雪又會消失。當時你能得救純粹是運氣好，若是又發生相同的事，可能會真的無法挽回。」

「所以妳扭曲了我的思考？」

「不，我做的沒那麼誇張，我只是給雪雪施加了一點魔法。」

「魔法？」

雪華阿姨自嘲地笑說，我們在客廳聊著，猶如在埋藏已久的謎底。

「對，我為了不讓雪雪求死，所以給你建立起不會想消失的心態（Mindset）。」

「那是什麼東西？」

「雪雪你認為自己是沒人要的存在對吧？」

「對。」

「雪雪的自我意識太過稀薄，才會認為自己一點都不重要。所以我先誘導雪雪，讓你強烈地認知到自己是九重雪兔。目的是當你的內心氾濫成災、難以承受之前，能夠全部重置。」

聽了這段話，我心中的一個疑問終於冰釋了。每當發生什麼事，我就會反覆認知自己是「九重雪兔」，原來都是雪華阿姨造成的。

「其實，這魔法本來很快就會解開。」

雪華阿姨的聲調變得低沉。

「其實，姊姊很愛雪雪。小悠也一樣。所以，只要她們把這心意說出口，魔法就會輕易解開。畢竟我非專業，這不是正式的催眠，真的只是很簡單的小魔法。不過……」

「？」

「雪雪的女人運實在太差，之後還不斷被別人傷害，尤其是你國中時真的太慘了。結果我施加的魔法，開始牢固地拘束住雪雪。」

「我的精神變成最強也是這個原因？」

原來如此，是我會錯意了。不是我壞掉了才不會受傷害，是因為不會受傷才會壞掉，不會受傷和壞掉這兩件事，在我心中是相互權衡的關係。

最強的精神，才是導致我變不正常的原因。

但要是我沒了這個，肯定老早就自盡了吧。

「雪雪不會受傷。不過，每當發生什麼，雪雪就會逐漸壞掉。從那時開始，我就已經無可奈何了。」

「為什麼這件事沒告訴媽媽或姊姊？」

「總是待在雪雪身邊的兩人聽了，一定會難以承受。她們不忍心看見雪雪逐漸壞去的模樣。」

「那雪華阿姨——」

雪華阿姨哭了。她和媽媽到底是姊妹，哭的樣子有些神似。

我明明再也不希望看到別人哭泣，卻害她哭了。

為什麼我總是——

她緊緊抱住我，就和媽媽一樣。不過，氣味和媽媽有些不同。

在回憶裡，我總是被雪華阿姨這樣抱住。

現在的我能夠理解，這應該是雪華阿姨知道我不肯向媽媽撒嬌，才會代替她這麼做。

「既然你發現了，那就應該知道，大家其實是愛著雪雪，沒人希望雪雪消失。」

「嗯，大概知道……我要是這麼做了，大概會讓人傷心。」

「對不起……讓你受了這麼多苦……對不起！」

雪華阿姨哭了出來，彷彿傾瀉出至今的一切思念。

我到底害這人操了多少心？

為什麼這人會對我竭盡心力？

就算她是媽媽的妹妹，到底也只是他人。

「雪華阿姨為什麼會對我這麼好？」

「現在的雪雪應該明白吧？」

「……因為喜歡我？」

「那當然了。我喜歡你。我也是最喜歡雪雪了！」

嘴唇感受的觸感，十分甘美柔嫩。

啊啊，為什麼，為什麼人是如此溫暖。

「只是我有個疑問，雪雪在我面前一直都沒變過，明明雪雪被強加的心態（Mindset）已經徹底失控了，這是為什麼？」

對喔，我平時那些愚蠢的想法，在雪華阿姨面前都不見蹤影了。

我倒是從沒思考過這件事，想想還真不可思議，不過答案非常簡單明瞭。

那一定是因為——

「因為，雪華阿姨從來沒有傷害過我。」

沒錯，我長久以來都被她保護著。我想求死時，是她拯救了我，當我拒絕一切，她也不斷為我付出愛情，給了我容身之處。是她告訴我，我能夠待在這裡。

打從那時到今天為止，這人為我付出了多少心力，說是犧牲奉獻也不為過。

我自然而然地對不斷為我付出的雪華阿姨低頭。

「謝謝妳。」

「雪雪……雪雪！」

雪華阿姨笑了。連我都能明白，她眼中散發的淚光，一定不是悲傷所致。

「吃得好飽喔。」

「對了，我學會握壽司了。」

「是嗎？」

「是老闆教我的。下次跟雪華阿姨一起去他的店吧。」

我和雪華阿姨一起洗澡，這是從那時延續至今的習慣。

每次我來到雪華阿姨家裡，她都會強迫我一起洗，事到如今也不會感到害羞了。

話雖如此，我的視線仍在虛空中徬徨，你們都懂嘛，我好歹是個青春期少年。

「魔法解除後，雪雪可能會變得容易受傷，這樣沒問題嗎？」

「沒關係，現在有很多人願意幫助我。」

「這樣啊，那我就放心了。」

「而且雪華阿姨也會來幫我啊？」

「啊——真是的！今天雪雪的可愛程度增加了五成左右，大姊姊快忍不住了！」

一直以來，都有許多人願意幫助我。有針對我的惡意，自然也會有人釋出善意。

我只是沒發現罷了。我不會受傷，代價就是會逐漸壞掉。

這一切都結束了。即使受傷，我也不願壞掉使他人悲傷。

我失去了堅固如奈米碳管般的最強精神，如今我也不需要。

這樣就夠了，未來我終於能夠取回感情。

今天我要揮別無敵的自己。

「不過——」

我不禁笑了出來。

傷腦筋，看來我早已習慣這個調調。

想想也是，這性格已經和我相處十年之久，實在是太長了，如今這已成為了我的一部分，他也是我。

「看來我其實很喜歡過去的九重雪兔，我也不願意失去雪華阿姨為了保護我而賦予的事物。」

「雪雪……？」

我驟然從浴缸站起身來。趴喔——

「為防日圓暴跌，會預先買美金以備不時之需，這就是我——九重雪兔！」

考慮到現在世界局勢，日本能安穩到什麼時候誰都說不準。把存款一點一滴換成美金，也是不錯的資本形成方式。這個令和年間，可不是和平日子過太爽的人能平穩度過的時代。

我不禁失笑。沒錯，這樣的我也是我啊。這絕對不是假造的人格，也不是假貨。沒錯，這個我也是我。

「雪雪好棒！而且……下面也變得很出色呢。」

雪華阿姨雙頰染上一抹嫣紅。咦、等等。我給雪華阿姨看了什麼東東？未免大方過頭了吧？雪華阿姨的確是從小和我一起洗澡，但我好歹也正值青春期。趴喔——

「沒關係！我有準備好套子，就算你不想戴也沒關係！」

「不對、我不是這個意思！」

「我還有準備反轉兔女郎裝！」

「竟有這種事！感謝妳在這狀況下給了我最不想聽到的答案！」

莫非，這就是所謂的光源氏計畫嗎!?

趴喔——

雪雪已經入睡，還發出可愛的呼吸聲。這一天終於來了。

對我們來說，今天是我們的「約定之日」。我一直等待著這一天。

我一直看著逐漸壞去的雪雪，希望他察覺自己其實是被大家深愛著。

雪雪說我從沒傷害過他，其實並非如此。

我才是把雪雪傷得最深的人。要不是我做了那種事，他也不會遲遲過不了內心那關。

那怕在當時，只剩下這個辦法可行。

我唯一的願望，就是希望雪雪不要死。

代價，就是害雪雪不斷受苦。

他卻對我說了謝謝，我感到終於有所回報。

所做的事被雪雪肯定。

我眼淚不止，感覺一切雲開霧散。

雪雪已經沒問題了。他自己察覺到了。

我和雪雪邂逅，是在他非常小的時候，他八成不記得了。

當時的我抱持許多煩惱。就在我不知道該如何是好時，正好去姊姊家照顧雪雪。

雪雪從那時就是個不讓人費心的小孩，某一次，他突然叫我媽媽。我們是姊妹，長相非常相似，也難怪他會認錯。

雪雪他踉踉蹌蹌地走了過來，叫我一聲媽媽後，便倒頭睡著。他當時的睡臉，遠比現在來得天真無邪。

那個瞬間，我心中的迷惘瞬間消散。我徹底想開，認為自己怎會煩惱如此微不足道的小事。

我看著雪雪的睡臉心想，人生中，應該有更多重要的事物才對。

若是當時雪雪沒這麼做，我肯定會承受不住。

那也是我第一次對姊姊產生強烈怒意。預料之外的，是雪雪的運氣實在太差，總是會被捲進麻煩事，這或許是他天生就有吸引麻煩的體質，年紀尚幼的雪雪，心靈實在難以承受這些事。

我想方設法希望救他，最後決定給予一點協助，那不過是簡單的對症治療。

我一開始認為，這只是個馬上就會解除的小魔法。

卻沒想到，這竟然留下了無窮無盡的後患……

然而，這一切終於要畫下句點。雪雪說有人願意幫助自己，所以沒問題了。

雪雪已經不需要守護精神的魔法。

他再也不需要重置自己的精神。

我的干涉，也將在此結束。我想未來，雪雪一定不會像過去那樣頻繁來我這玩。

好寂寞啊……

「雪華阿姨……」

雪雪嘟嘟囔囔的，或許是說夢話。

不行不行不行！我不能再把雪雪綁在身邊！

一直以來都是我害雪雪受苦，是我害雪雪壞掉。我大腦如此思考，理性如此判斷，可是看到雪雪，我又忍不住想順從衝動寵愛他。

因為，他是如此惹人憐愛。

我以為雪雪發現真相時，一定會討厭我。

這理所當然，我才是一切的元凶，雪雪有那權力恨我。

結果他不僅沒恨我，還感謝我。這是打從雪雪小時候，叫我媽媽那天以來，第一次展露笑容。

我至今為此抱持著罪惡感和義務感。

既然雪雪原諒了我，那麼未來——

我都老大不小了。這話要是跟朋友說，她們可能會覺得我瘋了吧。

我們年齡差異太大，這事實難以顛覆。

不過，我已經按捺不住了。

我再也無法隱藏這份心情。

——我現在，愛上了這位少年。

終章

「這是怎麼回事啊啊啊啊啊啊啊啊！」

我嚇到整個腿軟，這一天終於到來了。

雖然早有覺悟，但還是希望給我點時間做心理準備。

媽媽和姊姊叫我稍微出門個幾小時，還不知道偷偷摸摸準備什麼東西。我被家人排擠的心傷尚未癒合，緊接著又發生這齣慘劇。

我外出歸來一回房，就看到裡面徹底變了樣。

我的天啊，這前後差異大到連全X住宅改X王都大吃一驚。

牆上貼著護眼的綠色壁紙，還多了時尚的裝飾跟地毯。

螢光燈換成了LED燈，壽命延長三倍，這可真是環保！

居住空間性能攀升了好幾倍，只不過我房間原本的面貌連個影子都不剩。

其中最顯眼的，莫過於那強烈主張自身存在的加大雙人床，它絲毫不掩飾自身威嚴，凜然坐鎮房裡。

「房價炒起來，終於到了收割時刻……」

「歡迎回來。如何？是不是看起來很棒。」

我才想媽媽和姊姊怎麼不在，原來是在我的前房間休息。

「你房間看起來太殺風景了，我們才重新裝潢過，還不好好感謝我們。」

「咦，我房間？」

好像聽到不對勁的詞彙，我不禁回問。不是要趕我出去嗎？

「不然還能是誰的。這怎麼看都是你房間吧。」

「這怎麼看都不像是我房間就是了……」

我仔細一看，果然完全不像是我房間。

這房間看起來太過舒適，會害我無法安心休息。

「這裡就是你的容身處，所以我們只是改成適合你的模樣。」

一瞬間，姊姊表情略帶憂鬱，總覺得想法被她看透了，於是我把心裡話吞下。

容身處。我被這不可思議的感覺拘束。這裡，真的是我該待的地方嗎？

過去待在房間，從沒認為這是我的容身處。

我能待在這，和家人在一起，這真的好嗎？

「你的房間看起來有點冷清，我們才忍不住改造一下，對不起喔。」

媽媽向我謝罪，妳免費讓我住下，我怎麼可能會有怨言，只是有在意的地方，而且還不少。

「為、為什麼這張床這麼大？」

「最近我們都在一起啊，我怕你會覺得擠。」

「呃……大家回自己房間睡不就好了——啊啊、媽媽妳別哭！」

這再正常不過的意見竟被理所當然地封殺了。

「光是睡覺倒還好，單人床的話怕會有點窄。」

床除了睡覺外還能有什麼功能，我打開沒見過的收納櫃。

多麼華美的內……我當作沒看到，悄悄關上。

心中產生不好的預感，我把寫著YES的枕頭翻面，沒想到背面也是YES。

「怎麼兩面都是YES！」

我火大地把枕頭砸向床，這種鬼東西到底哪買的……

「蛤？我又不會拒絕，何必需要NO。」

「拒絕什麼⁉」

「反正這張床要動得多激烈都沒問題。」

「所以說到底是做什麼⁉」

姊姊的眼睛浮現愛心。難道她是認真——！

「啊、這個？這只是隱形眼鏡而已。」

「別搞這種小花樣啊！」

「好期待一起睡喔。」

「啊、是。」

我決定當沒聽到。看向牆面，上頭貼了兩張海報。是媽媽和姊姊的B1尺寸海報（非賣品）。

「自我主張也太過強烈。」

我看這不是非賣品，而是猥褻品。

「下個月會是泳裝，你好好期待。」

「這會定期更新喔!?」

有點期待起來了。畢竟她們倆都是美女。

「順便一提，我跟媽媽的房裡都有貼你的海報。」

「那可真是謝謝。」

不不，現在不是道謝的時候！我可是生氣了，氣噗噗！

「貼這種海報，要是大家看了都不肯來玩怎麼辦！」

這東西根本無法給朋友看到，每次有人來都得撕掉可是很累的，妳們要怎麼賠我啊！

「你又沒帶朋友回來過。」

「說得也對。」

對決以悲慘結局落幕，桌上擺的相框正好映入眼簾。

這是前些日子剛拍的全家福。面無表情的我站正中，板著一張臉的姊姊和露出開朗笑容的媽媽靠在我臉頰旁。

姊姊和媽媽還刻意擺了時下辣妹流行的拍照姿勢，簡直要命，太不適合了。姊姊是表情不合，媽媽則是年齡……妳們倆就別逞強了吧。

「我忽然感到不悅。」

「對不起我開玩笑的悠璃大人是超級美女實在太棒了請原諒我……嘿嘿，如何啊老闆，在下幫妳按摩肩膀吧。來，請別客氣。」

就在我諂媚姊姊時，媽媽同時抱住我們兩人說：

「從今天起，不對。我們一家人要連同過去的份，製造更多回憶。我知道這是我的任性，也知道一切都太遲了。不過，我希望一點一滴堆疊起我們留下的回憶和記錄。所以——」

她溫柔地摸摸我的頭，那模樣彷彿是位母親。雖然她的確是我媽。

「請讓我繼續當你們的母親。」

無論發生何事，媽媽就是媽媽，這無可取代。

我從沒討厭過她，且無時無刻都感謝她。

夫妻離異就會變成外人，但血緣關係如此深厚的聯繫，可沒這麼簡單斷開。

我想這個思念的深淵，一定遠遠超越了「喜歡」的情感。

如果她們如此期望，而這裡就是我的容身之處，那麼我可能會想多待在這裡也說不定。就我們三人，一家人在一起。

或許她們能夠允許我抱持這麼一個小小的希望。

叮咚——門鈴忽然響起。

可能一直被抱著感到害臊，姊姊羞紅著臉急忙逃向玄關。別看悠璃那樣，其實她抗壓性頗低的。

「小悠妳好。嗯，晚點一起去吃飯吧。咦，姊姊上哪了？這裡不是雪雪的房間——」

聽到令人熟悉的聲音，原來訪客是雪華阿姨。

「啊。」

我們在房間入口對上眼，接著雪華阿姨進房看了一圈。

「哎呀，雪華妳怎麼了？」

「這是什麼東東啊啊啊啊啊啊啊啊啊！」

◇

「接下來就要教學參觀了。唉，心情好沉重啊。」

「我已經反省過自己做太過頭了。也沒想到事情會發展成這樣，我還以為頂多只會來一半。」

「說到你這學生喔……就這麼不相信大人嗎？」

「沒這回事，謝謝妳願意包庇我。」

惡名昭彰的我和生活指導三條寺老師，是命中註定的死對頭。

不過，她意外地沒把我當眼中釘看待，我們關係好到會邊喝茶邊說教。她不只總是挺我，就連閉門思過期間她也主動聯絡關心。

「反正這次確實是校方的過失。對不起，讓你碰上這種事。但是你可不准做些不檢點的行為啊！」

「我只有在閉門思過期間瘋狂玩樂啦，不用擔心。」

「我怎麼聽了反而更擔心了……？」

今天日經平均指數大暴跌，已經連續三天下跌了。

不過我──九重雪兔，是只要股價下跌就會選擇買進的男人。

我看差不多是時候進場。於是立刻傳簡訊給雪華阿姨，告訴她我想買哪間公司的股票。順便一提，是花我的個人資金。

即使我已經變回原本的自己了，事到如今突然就變成乖寶寶九重雪兔，估計旁人怎麼看都怪不對勁的。所以我維持這樣就好，這就是至今為止的我，沒有必要急忙做出改變。

我絕對不是假貨，至今和未來的我有好好聯繫在一起。

總之，今天我被三條寺涼香老師叫去學生指導室。

三條寺老師是位戴眼鏡的知性美女，人氣非常高，她以尖銳且散發智慧的眼神刺向我。

其實我不太清楚今天她把我叫出來的理由，我被老師叫出來根本是家常便飯，沒叫我出來的日子反而不太對勁。

日常究竟是什麼呢……嗚嘎嘎嘎！

是說，她剛才是不是說我不檢點之類的。我看向三條寺老師。

三條寺老師散發出的芳醇韻味在室內飄蕩。她可能是覺得熱，還解開了衣服的第一個釦子，連乳溝都一覽無遺。而且不知為何，她穿鉛筆裙還翹腿，害我不時瞥見不該看到的東西……呼，黑色。

今天是開心又羞羞的黑色星期五。

「你聽好了，不要做那種會敗壞風紀的行為！我是站在教育──」

我怎麼覺得老師才是敗壞風紀的人？這疑問險些脫口而出，幸虧我忍住了。這對我來說當然是大飽眼福，但沒必要刻意說出口，未來我也希望忠於慾望而活。

突然，學生指導室的門被用力打開。

「你們在做什麼！」

「三條寺老師，他又做了什麼！」

姊姊和學生會長憤怒地闖進房間。見她們來勢洶洶，我和三條寺老師都被嚇傻了。

「妳們這是做什麼！」

「老師才是，你們在這做什麼？」

「我只是在指導有問題的學生——」

「九重他什麼都沒做！」

「這算哪門子指導？我怎麼看都只覺得老師在勾引他！」

悠璃拿起手機亮出她拍的影片，三條寺老師頓時神情緊張。真是的，我說姊姊妳也未免操心過頭。

三條寺老師可是個為學生著想的出色老師，才不會做出勾引學生那種事，雖然也可能是我眼睛脫窗。

況且客觀而論，我是問題學生這點乃是公認事實，會被三條寺老師叫出來也是理所當然，反正就過往經驗來看，這點程度根本不算什麼。

「妳、妳別自作主張，三條寺老師！」

「怎麼連校長也來了？」

校長氣急敗壞地進來，甚至慌到連氣都喘不過來。

「妳有證據說他做了什麼嗎？」

「不，只是他總是會引發騷動……」

「三條寺老師，拜託妳不要沒憑沒據就擅自指導學生。不好意思，九重同學。這件事麻煩你保密，就當作沒發生過好嗎!?」

「校長，您人格切換得也太快。」

校長死命求情。總覺得最近他老看我臉色，這不該是面對學生的態度吧。這豈止

是學級崩壞，說是學校崩壞也不為過了，真是教育第一線上令人生厭的現實。

「妳聽好了，三條寺老師。要是他又出了什麼事，到時不光是我，連妳也會一併被處分。所以請妳務必，務、必、要謹言慎行！聽到沒，三條寺老師！」

「這樣不對吧？我們怎麼能放著這樣的學生不——」

「這件事沒有任何商量的餘地！」

我不知不覺就成了掌權者。還有處分是什麼意思!?區區一名學生有這種權限也太恐怖了吧，這肯定會害日本的教育制度產生大問題。

「好了，既然事情告一段落，我們回去了。」

我就這麼被姊姊拖走。發生這種事對我來說不過是家常便飯，即使失去如奈米塊體般強韌的精神，並不代表過往經驗歸零。

我並沒有脆弱到被這種程度的事傷害到。

我就在這裡，依舊是我自己。

◆

話雖如此，對不起是我太小看現實了。

B班突然間鬧起了修羅場。

「雪兔，我做了便當。要不要一起吃？」

「說是這麼說，我有媽媽做的母愛便當……」

「我早就料到了，畢竟沒先跟你說過，所以量做得比較少。」

「阿雪，我也能一起吃嗎？」

「妳們吵死了，這裡不需要妳們。這孩子要跟我一起吃飯。」

「為什麼姊姊會在這？」

「當然是為了跟你一起吃飯啊。」

「眼中居然沒有一絲迷惘，我無言以對。」

我身邊颳起了颱風。姑且稱姊姊為颱風十二號好了。而燈凪是十號，汐里是十一號。

最近姊姊老是跑來我班上，姊姊朋友偶爾會陪她過來，還邊看邊竊笑。這麼做當然會搞得燈凪和汐里鬧不愉快，於是這兩人也跑來跟我一起吃午餐。

「九重同學在嗎？」

「九重雪兔，要不要和我們一起吃飯？」

「如果你不嫌棄，要不要一起吃午餐呢？」

天氣一熱海水溫度升高，海上就會捲起上升氣流。最後因此發生的積雨雲會形成颱風，而我身為這所學校的熱點，身邊總是亂成一團，好像光颳起一個颱風還不夠。

學生會長、三雲學姊和東城學姊都在叫我。她們分別是颱風十三號、十四號跟十五號。現在班上掀起暴風雨。

「請問，雪兔同學在嗎？」

「相、相馬學姊!? 我馬上去叫他——！」

連續生成這麼多颱風還不夠，期待已久的第十六號終於來了。

同學慌慌張張喊道。相馬學姊是誰來著？

好像在哪聽過卻完全想不起來。

「你什麼時候認識相馬學姊的，你的人際關係也太扯了吧？」

「不，我怎麼不記得認識這人。」

「雪兔，我還以為你有改善了，沒想到根本是惡化嘛。」

爽朗型男傻眼地說。我們現在所屬的籃球社，原本只有三個一年級生的籃球社，逐漸增加了新社員。

這都是多虧汐里和爽朗型男，反正跟我無關才對。

所以那個相馬學姊到底是誰啊！我勉為其難地轉頭看過去。

「搞什麼，這不是天照大神學姊嗎！」

「終於變成日本神了!? 我看你根本不打算記住我的名字吧？」

「別介意！」

「機車！明知你這麼機車還特地跑來的我也很叫人火大！」

「所以天照大神學姊妳怎麼來了？一想到天照大神是個家裡蹲，似乎跟邊緣學姊

還挺相襯的呢。啊哈哈哈哈哈。」

「就跟你說過我才不是邊緣人！你真的是沒心想聽我說話耶⁉最近的你怎麼嘴巴比之前更毒了──對了，我聽說你閉門思過處分結束了，中午卻沒過來吃飯，你是膩了不想跟我在一起？」

班上氣氛瞬間凍結，鴉雀無聲。

咦，怎麼了？現在不是開心的午休時間嗎？

處處傳來「竟然連相馬學姊都……」之類的聲音，不太懂在說什麼。

「啊──因為我最近沒什麼機會去福利社買午餐，該說是受到嚴格管束還是什麼呢……」

「過來玩嘛，我很寂寞耶。」

「那邊的狐狸精，妳給我回自己班級！」

「哎呀，九重悠璃同學？妳怎麼會在這？」

「吼嗚嗚嗚嗚嗚嗚！」

我怎麼覺得姊姊才更像狂犬，不過我是貓派。喵──

「慢著雪兔，你跟相馬學姊是什麼關係⁉」

「就是啊阿雪，你是怎麼認識她的⁉」

兩人吵成一片。現在連學姊們都加入戰局，搞得我身邊形成一個大團體。我看這噪音已經超過六十分貝，是時候該勸導了。

「九重，今天要不要來我家？我父母都出門了。我的處——」

「不要說出口啊⁉」

「我和父親都希望和你好好相處。」

「怎麼連這人也是⁉」

原本文靜內向的三雲學姊現在得一次吐槽兩個人。

我每次都在想，會長口中的處——是指什麼啊⁉

母胎單身的我可是完全摸不清頭緒……我本來想這麼說，不過怕被周遭白眼還是算了。

而且她就算這麼講，我也不知道該如何是好啊。

難道、莫非、說不定這……

我發現一件十分重要的事。

「伊莉莎白，我有事想問妳。」

「呃……怎麼了九重同學？總覺得你又要說什麼不正經的話。」

我環視身邊。

要是會錯意那這臉可就丟到末代子孫去了，但我非得解除這個疑惑。

「——難道說，我其實很有女人緣？」

「你現在才知道⁉」

全班一起吐槽道。

這樣啊，原來我很有女人緣啊……

◆

沒課的老師們在走廊上排成一列。

校長帶頭的老師陣容立定不動，額頭直冒冷汗，表情抽動。

這次他們應對上不允許出現丁點差錯，可說是背水一戰。

「呼，害我也腋下冒汗抖個不停。」

「感謝妳告訴我這些一點都不想知道的情報。」

小百合老師逃避現實說，乾脆我也來逃避現實吧。嘿嘿。

哎呀哎呀，壯觀壯觀。拜託誰來幫忙把我送回自己家裡——！

教學參觀日。教室裡擠滿各位家長。大家好啊——

根據 HIPBOSS 的說法，這似乎是逍遙高中創校以來最高的參加率。

「哦！雪兔同學，你沒事真是太好了！」

「御來屋爸爸，好久不見了。」

御來屋媽媽在他身旁，向我點頭示意。即使兩人離婚了，對正道而言他們仍是不可或缺的雙親。

沒錯，這次B班教學參觀的不僅僅是參加率驚人，甚至有家庭是雙親一同前來，使得教室人口密度高到爆炸，家長們也互相打起招呼。

老師們早已觸碰了家長逆鱗，所以才全員出動迎接，避免又惹他們生氣。啊，連東城爸爸也在……

「哼，雪兔，我可還沒原諒你呢！」

「媽媽！這種老套的傲嬌早就過時了啦！」

「是嗎？在我年輕時這還是主流呢。」

燈凪滿臉通紅制止茜阿姨。我本來也沒想過對方會原諒我，看來是時候買個禮盒登門謝罪了。

「……你就是傳說中的孩子啊。嘿～長得還不錯嘛。我年輕時因為成績吃了不少苦，不希望女兒變得和我一樣。希望你之後也能和她好好相處。」

「等等、別跟九重仔亂講啦！」

這位原來是峯田的母親啊。嗯，確實長得很像。那麼莫非——

「請問您是伊莉莎白夫人嗎？」

「你別給媽媽取奇怪的綽號！」

「哎呀，是說我嗎？呵呵，聽起來感覺怪怪的呢。」

不愧是伊莉莎白的母親，是位渾身散發氣質的太太。

那邊的高個美型夫妻我在醫院見過，是神代一家人。

我去打聲招呼，他們卻不停為手錶的事向我道謝。免客氣。

「哎呀哎呀哎呀，你就是九重同學啊！好了，小暗也過來。」

這位散發出輕飄飄氛圍的超凡脫俗媽媽就是釋迦堂的母親啊——

爽朗型男看到媽媽來似乎無地自容，感到渾身不自在。

「雪兔，虧你在這種情況下還能當沒事……」

爽朗型男似乎比平時還要乖巧，吐槽不夠犀利，臉部發電量也跟陰天沒兩樣。

「你的眼珠子是裝飾嗎，我哪裡看起來沒事了，看看這個。」

「啊嗯……？喂、喂，雪兔……難道、這個……是、紙尿布!?」

抱歉啊，我怕不小心尿出來。

「是怎樣!?這些人是怎樣!?為什麼會有一票無關人士在場!?」

我臉緩緩轉向後方，極度想逃避現實。

後面的人綻放出鮮花盛開般的笑容，並對我揮手。

「雪雪，嗨嗨——！」

「真是的，雪華妳冷靜點。」

「雪兔已經是高中生了呢。」

媽媽和雪華阿姨來我懂。

應該說因為兩人那以血洗血的爭奪戰勝負未分，最後才決定一起出席教學參觀。

ＯＫ，我已經是高中生了，事情再不講理我也只能吞下，目前為止都還能認同。

「為什麼連冰見山小姐也會在場？」
「這算是我回歸社會的其中一環啊。而且，我還有些話得說清楚才行呢？」
於現代復甦的魔女——冰見山小姐以富含深意的眼神看向外頭，校長他們直打哆嗦，東城爸爸則臉色蒼白。我什麼都沒看到，大家都聽懂了吧？
姑且不論這個，她一抓到機會就開始跟我身體接觸。
指尖以絕妙力道撫遍我的身體，真的是不能對她掉以輕心，只可惜我沒有逃脫手段，只能順其自然。
在我苦悶扭動身子時，沒想到媽媽跑來救我。
「那個……不好意思。我兒子不喜歡這樣，就到此為止吧。」
「啊，對不起喔。可是雪兔他看起來並不討厭啊？他之前也是，對我的胸部是那麼地——」
「胸部⁉等等雪兔，胸部是怎麼回事？你什麼都沒做對吧⁉」
「為什麼要把內衣……脫了那個……桃色的……不能看……」
「呵呵呵，雪兔到底是個男孩子呢。」
「雪兔，到底發生了什麼⁉要做那種事為什麼不找我！」
「——哈⁉本該消去的黑歷史怎麼⁉」
「雪兔，我隨時都可以喔。」
「原來這就是女巫審判啊……」

也許不是女巫審判，而是所羅門的審判。

現在到底是什麼情況！我腦容量都超過負荷了！妳們夠了沒！

「雪雪也真是的！」

雪華阿姨生氣地說，果然只有雪華阿姨站在我這邊！

請妳好好念一下媽媽跟冰見山小姐！

「雪雪是屬於我的才對呀！」

「才不是！他什麼時候變成雪華的了!?雪兔是我的孩子——」

「那邊的美女姊妹，能先安靜點嗎？」

「別氣了嘛。雪兔，你若是真的想讓我流出母奶也是可以喔？」

「沒救了……一切都完了……」

從沒經歷過叛逆期的我不可能違逆媽媽。

我感受到她們姊妹即將爆發激烈戰爭，頓時戰戰兢兢起來。

現在冰見山小姐根本不只是摸了，她乾脆直接把我抱住。

這不對勁吧冰見山小姐！為什麼沒人把我的要求聽進去，媽媽和雪華阿姨的額頭都冒出青筋了。

「雪兔，快點離開那個變態女人！」

「對啊！雪雪可是要跟我私奔呢！」

「雪華妳對我的小孩胡說什麼啊!?」

「雪雪也是我的小孩好嗎？」

「這樣不就更奇怪了⁉」

「選我的話就沒什麼好奇怪啦？雪兔你喜歡誰？」

她竟然說出了禁忌般的問題。這問題簡直跟必須犧牲生命才能封印魔王的大魔法一樣，等我回答之後，究竟會發生什麼事？去教會有得復活嗎……

「雪兔，是我對吧？你的母親是我才對——」

「姊姊妳哪有資格說這種話啊？雪雪當然是最喜歡我啊！」

「如果是我，不論雪兔想做什麼，我全都能滿、足、你、喔♡呵呵呵。」

這是什麼狀況⁉為什麼現場徹底失控了⁉

事情演變成這樣，實在是蠢到讓我忍不住失笑。

至今我已經算是受過不少苦了，但今天才是最苦的一天也說不定。一早就被許多女性弄得暈頭轉向。

我以前都認為自己的女人運太差，到今天我才感受到，女人運太好也會出大事。

一切從負值開始，現在不過是變成了零。

我和她們之間的關係，才要正式開始。

只是——

唉，為什麼我會——

「這就是所謂的犯桃花嗎……」

我是命犯桃花的男人——九重雪兔。

而我的戀愛從現在才正要開始……大概。

後記

首先非常感謝您買下本書。

多虧各位讀者支持，第二集才能平安發售。

第二集的封面簡直不像是戀愛喜劇會出現的畫面，大家覺得如何呢？

我試著將故事架構設計成第一集為拯救女主角而行動的主角，在第二集受到女主角們幫助，現在主角終於取回重要的事物，希望大家繼續欣賞他們的奮鬥。

其實ＷＥＢ版中，曾一度以本書後記內容為結局完結過。

本書主題是「從為時已晚揭開序幕，卻遲遲沒有進展的會錯意愛情喜劇」，若是戀愛開幕就等於作品落幕。所以當初，我將戀愛喜劇的起跑線設定為終點，故事是從負值開始挽回，直到登上起跑線。

之後我還會繼續寫下去，是因為藉由書籍化，讓各個角色的故事都有了重大發展，今後內容會跟第二集一樣，加入各種WEB版中沒描寫到的情節發展。未來，受到冰見山家青睞的主角，將會開啟《九重雪兔立志傳》也說不定。

我甚至想出了乾脆讓所有人轉移到異世界去的鬼點子，但我最好還是別忘記這是一部戀愛喜劇。

第二集增加了更多登場角色，緜老師還繪製了全新的角色插圖。我心中只有感激，真的是謝謝你。

在此感謝諸多相關人士。最重要的，莫過於購入本書的各位讀者，我在此發自內心致上謝意。還請大家未來繼續支持本作！

另外 Comic Gardo 正在執行漫畫化的企劃。漫畫化的情報會逐步公開，敬請各位讀者期待！

出乎意料地以母親為故事中心，且劇情增添了緊張感的《造成我心理陰影的女生們今天也不時偷看我，只可惜為時已晚》。

作品內時間即將入夏。所以準備進入「夏天了！去海邊！去泳池！泳裝回！」的內容，期待下一集繼續與大家見面。

造成我心理陰影
的女生們
今天也不時偷看我，
只可惜為時已晚

The girls who traumatized me keep glancing at me,
but alas, it's too late.

造成我心理陰影
的女生們
今天也不時偷看我，
只可惜為時已晚

The girls who traumatized me keep glancing at me,
but alas, it's too late.

浮文字

造成我心理陰影的女生們今天也不時偷看我，只可惜為時已晚2

（原名：俺にトラウマを与えた女子達がチラチラ見てくるけど、残念ですが手遅れです。2）

著　　者／御堂ユラギ　繪　　者／緜　譯　　者／蔡柏頤
執 行 長／陳君平　美術總監／沙雲佩　國際版權／黃令歡、梁名儀
榮譽發行人／黃鎮隆　美術編輯／陳又荻　文字校對／施亞蒨
協　　理／洪琇菁　執行編輯／石書豪　內文排版／謝青秀
總 編 輯／呂尚燁

出　　版／城邦文化事業股份有限公司 尖端出版
台北市中山區民生東路二段一四一號十樓
電話：（〇二）二五〇〇—七六〇〇
傳真：（〇二）二五〇〇—二六八三
E-mail: 7novels@mail2.spp.com.tw

發　　行／英屬蓋曼群島商家庭傳媒股份有限公司城邦分公司　尖端出版
台北市中山區民生東路二段一四一號十樓
電話：（〇二）二五〇〇—七六〇〇（代表號）
傳真：（〇二）二五〇〇—一九七九

中彰投以北經銷／楨彥有限公司（含宜花東）
電話：（〇二）八九一九—三三六九
傳真：（〇二）八九一四—五五二四

雲嘉以南／智豐圖書有限公司
（嘉義公司）電話：（〇五）二三三—三八五二
傳真：（〇五）二三三—三八六三
（高雄公司）電話：（〇七）三七三—〇〇七九
傳真：（〇七）三七三—〇〇八七

香港經銷／一代匯集
香港九龍旺角塘尾道六十四號龍駒企業大廈十樓 B＆D室
電話：（八五二）二七八三—八一〇二
傳真：（八五二）二七八二—一五二九

新馬經銷／城邦（馬新）出版集團 Cite（M）Sdn. Bhd.
E-mail: cite@cite.com.my

法律顧問／王子文律師　元禾法律事務所
台北市羅斯福路三段三十七號十五樓

二〇二三年六月一版一刷

■中文版■

郵購注意事項：
1.填妥劃撥單資料：帳號：50003021戶名：英屬蓋曼群島商家庭傳媒(股)公司城邦分公司。2.通信欄內註明訂購書名與冊數。3.劃撥金額低於500元，請加附掛號郵資50元。如劃撥日起 10～14日，仍未收到書時，請洽劃撥組。劃撥專線TEL：(03)312-4212 ・ FAX：(03)322-4621。E-mail：marketing@spp.com.tw

國家圖書館出版品預行編目資料

造成我心理陰影的女生們今天也不時偷看我，只可惜為時已晚 / 御堂ユラギ作 ; 蔡柏頤譯 . -- 1 版 . -- [臺北市] : 城邦文化事業股份有限公司尖端出版 : 英屬蓋曼群島商家庭傳媒股份有限公司城邦分公司發行 , 2023.06-

冊 ; 公分

譯自 : **俺にトラウマを与えた女子達がチラチラ見てくるけど、残念ですが手遅れです。**

ISBN 978-626-356-774-0 (第 2 冊 : 平裝)

861.57 112006202